U0066552

瑞蘭國際

瑞蘭國際

言語知識、讀解、聽解三合一

一考就上！新日檢N1全科總整理

新版

林士鈞老師 著

作者序

序

《全科總整理》系列是我多年前出的書了，是我的日檢書當中最完整，不只是從N5到N1，也涵蓋了文字、語彙、文法等言語知識，甚至也有一些讀解和聽解的練習，讓考生可以提前瞭解出題方向。

多年前？是的，我不否認。同時我也不否認我是新日檢年代台灣日檢書的第一人，不只是最早出書、出最多書、也是賣最多書的。

過去幾年，我也曾協助其他出版社審訂一些日本知名出版社的日檢版權書，在台灣也有相當不錯的銷量。現在回頭來看，這麼多年下來，我的這套書一點都沒有退流行，比起日本的書也一點都不遜色，這三個第一也算是當之無愧。

「N5」算是學日文的適性測驗，範圍大約是初級日文的前半，從50音開始，到基本的動詞變化為止。如果你通過N5，表示你和日文的緣分沒問題，可以繼續走下去。

「N4」涵蓋了所有初級日文的範圍，所有的助詞、所有的補助動詞、所有的動詞變化都在考試範圍內。所以我才說N4最重要，不是考過就好，而是考愈高分愈好。如果N4可以考到130分以上，表示你的初級日文學得紮實，進入下一個階段會很輕鬆。

「N3」是個神祕的階段，我的意思是很多教學單位喜歡裝神弄鬼騙你。說穿了，就是中級日文前半的範圍，和初級日文最大的差異需要的是閱讀能力。如果你發現搞不定N3，記得回到初級日文複習N4文法，而不是硬學下去。

「N2」是中級日文的所有範圍，我認為需要好好學，但是台灣因為有些同學資質好，不小心就低空飛過，結果卻因為不是真的懂，種下日後N1永遠過不了的命運，這點請大家小心。

「N1」屬於高級日文，聽起來就很高級，不只要花很多很多的時間，也要有很好很好的基礎才能通過。不過請記住，通過N1不是學習日文的終點，而是進入真實日文世界的起點。

囉嗦完畢，老師就送各位安心上路吧。祝福各位在學習日文的路上，一路好走。

戰勝新日檢，掌握日語關鍵能力

元氣日語編輯小組

日本語能力測驗（**日本語能力試験**（にほんごのうりょくしけん））是由「日本國際教育支援協會」及「日本國際交流基金會」，在日本及世界各地為日語學習者測試其日語能力的測驗。自1984年開辦，迄今超過30多年，每年報考人數節節升高，是世界上規模最大、也最具公信力的日語考試。

新日檢是什麼？

近年來，除了一般學習日語的學生之外，更有許多社會人士，為了在日本生活、就業、工作晉升等各種不同理由，參加日本語能力測驗。同時，日本語能力測驗實行30多年來，語言教育學、測驗理論等的變遷，漸有改革提案及建言。在許多專家的縝密研擬之下，自2010年起實施新制日本語能力測驗（以下簡稱新日檢），滿足各層面的日語檢定需求。

除了日語相關知識之外，新日檢更重視「活用日語」的能力，因此特別在題目中加重溝通能力的測驗。目前執行的新日檢為5級制（N1、N2、N3、N4、N5），新制的「N」除了代表「日語（Nihongo）」，也代表「新（New）」。

新日檢N1的考試科目有什麼？

新日檢N1的考試科目為「言語知識・讀解」與「聽解」二大科目，詳細考題如後文所述。

新日檢N1總分為180分，並設立各科基本分數標準，也就是總分須通過合格分數（＝通過標準）之外，各科也須達到一定成績（＝通過門檻），如果總分達到合格分數，但有一科成績未達到通過門檻，亦不算是合格。各級之總分通過標準及各分科成績通過門檻請見下表。

N1總分通過標準及各分科成績通過門檻			
總分通過標準	得分範圍	0~180	
	通過標準	100	
分科成績通過門檻	言語知識（文字・語彙・文法）	得分範圍	0~60
		通過門檻	19
	讀解	得分範圍	0~60
		通過門檻	19
	聽解	得分範圍	0~60
		通過門檻	19

從上表得知，考生必須總分100分以上，同時「言語知識（文字・語彙・文法）」、「讀解」、「聽解」皆不得低於19分，方能取得N1合格證書。

而從分數的分配來看，言語知識、讀解、聽解，分數佔比均為1/3，表示新日檢非常重視聽力與閱讀能力，要測試的就是考生的語言應用能力。

此外，根據官方新發表的內容，新日檢N1合格的目標，是希望考生能理解日常生活中各種狀況的日語，並對各方面的日語能有一定程度的理解。

新日檢N1程度標準		
新日檢N1	閱讀（讀解）	・閱讀議題廣泛的報紙評論、社論等，了解複雜的句子或抽象的文章，理解文章結構及內容。 ・閱讀各種題材深入的讀物，並能理解文脈或是詳細的意含。
	聽力（聽解）	・在各種場合下，以自然的速度聽取對話、新聞或是演講，詳細理解話語中內容、提及人物的關係、理論架構，或是掌握對話要義。

新日檢N1的考題有什麼？

要準備新日檢N1，考生不能只靠死記硬背，而必須整體提升日文應用能力。考試內容整理如下表所示：

考試科目（考試時間）		題型			
		大題		內容	題數
言語知識（文字・語彙・文法）・讀解（110分鐘）	文字・語彙	1	漢字讀音	選擇漢字的讀音	6
		2	文脈規定	根據句意選擇正確的單字	7
		3	近義詞	選擇與題目意思最接近的單字	6
		4	用法	選擇題目在句子中正確的用法	6
	文法	5	文法1（判斷文法型式）	選擇正確句型	10
		6	文法2（組合文句）	句子重組（排序）	5
		7	文章文法	文章中的填空（克漏字），根據文脈，選出適當的語彙或句型	5
	讀解	8	內容理解（短文）	閱讀題目（包含生活、工作等各式話題，200字的文章），測驗是否理解其內容	4
		9	內容理解（中文）	閱讀題目（評論、解說、隨筆等，約500字的文章），測驗是否理解其因果關係、理由、或作者的想法	9
		10	內容理解（長文）	閱讀題目（解說、隨筆、小說等，約1,000字的文章），測驗是否理解文章概要或是作者的想法	4
		11	綜合理解	比較多篇文章相關內容（約600字）、並進行綜合理解	3
		12	主旨理解（長文）	閱讀社論、評論等抽象、理論的文章（約1,000字），測驗是否能夠掌握其主旨或意見	4
		13	資訊檢索	閱讀題目（廣告、傳單、情報誌、書信等，約700字），測驗是否能找出必要的資訊	2

考試科目（考試時間）	題型			
	大題		內容	題數
聽解（55分鐘）	1	課題理解	聽取具體的資訊，選擇適當的答案，測驗是否理解接下來該做的動作	5
	2	重點理解	先提示問題，再聽取內容並選擇正確的答案，測驗是否能掌握對話的重點	6
	3	概要理解	測驗是否能從聽力題目中，理解說話者的意圖或主張	5
	4	即時應答	聽取單方提問或會話，選擇適當的回答	11
	5	統合理解	聽取較長的內容，測驗是否能比較、整合多項資訊，理解對話內	3

其他關於新日檢的各項改革資訊，可逕查閱「日本語能力試驗」官方網站http://www.jlpt.jp/。

台灣地區新日檢相關考試訊息

測驗日期：每年七月及十二月第一個星期日

測驗級數及測驗時間：N1、N2在下午舉行；N3、N4、N5在上午舉行

測驗地點：台北、桃園、台中、高雄

報名時間：第一回約於三～四月左右，第二回約於八～九月左右

實施機構：財團法人語言訓練測驗中心

（02）2365-5050

http://www.lttc.ntu.edu.tw/JLPT.htm

如何使用本書

STEP 1

分科一一準備：

本書將新日檢N1考試科目，分別依

第一單元　言語知識（文字・語彙）
第二單元　言語知識（文法）
第三單元　讀解
第四單元　聽解

順序排列，讀者可依序學習，或是選擇自己較弱的單元加強。

單元準備要領

每個單元一開始，老師現身說法，教您直接抓到答題技巧，拿下分數。

必考單字整理

本書第一單元「言語知識（文字・語彙）」，以分類方式彙整必考單字，讓您掌握致勝關鍵。

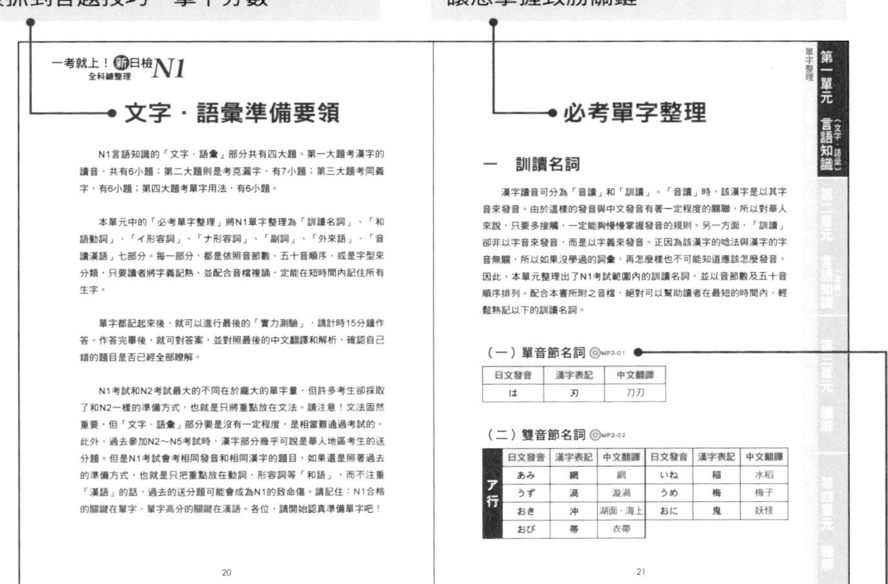

一考就上！新日檢N1
全科總整理

文字・語彙準備要領

N1言語知識的「文字・語彙」部分共有四大題。第一大題考漢字的讀音，共有6小題；第二大題則是考克漏字，有7小題；第三大題考同義字，有6小題；第四大題考單字用法，有6小題。

本單元中的「必考單字整理」將N1單字整理為「訓讀名詞」、「和語動詞」、「イ形容詞」、「ナ形容詞」、「副詞」、「外來語」、「音讀漢語」七部分。每一部分，都是依照音節數、五十音順序、或是字型來分類，只要讀者將字義記熟、並配合音檔複誦，定能在短時間內記住所有生字。

單字都記起來後，就可以進行最後的「實力測驗」，請計時15分鐘作答。作答完畢後，就可對答案，並對照最後的中文翻譯和解析，確認自己錯的題目是否已經全部瞭解。

N1考試和N2考試最大的不同在於龐大的單字量，但許多考生卻採取了和N2一樣的準備方式，也就是只將重點放在文法。請注意！文法固然重要，但「文字・語彙」部分要是沒有一定程度，是相當難通過考試的。此外，過去參加N2～N5考試時，漢字部分幾乎可說是華人地區考生的送分題。但是N1考試會考相同發音和相同漢字的題目，如果還是照著過去的準備方式，也就是只把重點放在動詞、形容詞等「和語」，而不注重「漢語」的話，過去的送分題可能會成為N1的致命傷。請記住：N1合格的關鍵在單字、單字高分的關鍵在漢語。各位，請開始認真準備單字吧！

20

單字整理　第一單元　言語知識（文字・語彙）

必考單字整理

一　訓讀名詞

漢字讀音可分為「音讀」和「訓讀」。「音讀」時，該漢字是以其字音來發音。由於這樣的發音與中文發音有著一定程度的關聯，所以對華人來說，只要多接觸，一定能夠慢慢掌握發音的規則。另一方面，「訓讀」卻非以字音來發音，而是以字義來發音。正因為該漢字的唸法與漢字的字音無關，所以如果沒學過的詞彙，再怎麼樣也不可能知道應該怎麼發音。因此，本單元整理出了N1考試範圍內的訓讀名詞，並以音節數及五十音順序排列。配合本書所附之音檔，絕對可以幫助讀者在最短的時間內，輕鬆熟記以下的訓讀名詞。

（一）單音節名詞 MP3-01

日文發音	漢字表記	中文翻譯
は	刃	刀刃

（二）雙音節名詞 MP3-02

	日文發音	漢字表記	中文翻譯	日文發音	漢字表記	中文翻譯
ア行	あみ	網	網	いね	稲	水稻
	うず	渦	漩渦	うめ	梅	梅子
	おき	沖	湖面、海上	おに	鬼	妖怪
	おび	帯	衣帶			

21

音檔輔助

跟著音檔複誦，同時增進記憶及聽力！

必考文法分析

本書第二單元「言語知識（文法）」，羅列N1必考句型，每一句型皆有「意義」、「連接」、「例句」，清楚易懂好吸收。

一考就上！新日檢N1 全科總整理

必考文法分析

一　接尾語・複合語 MP3-37

001 ～まみれ

意義　滿是～、全是～

連接　【名詞】＋まみれ

例句
- 事故現場に負傷者が血まみれになって倒れている。
  傷者滿身是血地倒在意外現場。
- 工事現場で汗まみれになって働いている。
  在工地滿身是汗地工作著。
- 子供たちは公園で泥まみれになって遊んでいる。
  小孩子們在公園玩得滿身泥巴。

002 ～ずくめ

意義　清一色～、淨是～

連接　【名詞】＋ずくめ

例句
- あの人はいつも黒ずくめのかっこうをしている。
  那個人總是一身黑的打扮。
- 今日は一日中いいことずくめだ。
  今天一整天好事不斷。
- 今日の夕食はごちそうずくめだった。
  今天的晚餐全是山珍海味。

130

一考就上！新日檢N1 全科總整理

二　解析

ねらわれた星

被盯上的星球

第一段

「こんどは、あの星の連中をやっつけて楽しもうぜ」

金属質のウロコで全身をおおわれた生物は、彼らの宇宙船のなかで、仲間にこう言った。

「よかろう」

ほかの連中もウロコを逆立て、からだをくねらせながら、うれしそうに応じた。その指さすところには、月をひとつ持った緑の惑星がある。

中譯

「這次，就弄死那個星球的人來玩吧！」

全身覆蓋金屬鱗片的生物，在他們的太空船裡，對同伴這麼說。

「好啊！」

其他人也鱗片倒豎，曲著身子，開心地同意了。在他所指的地方，有一顆單衛星的綠色行星。

單字

連中：一群人、成員　　やっつける：擊潰、打敗

ウロコ：魚鱗、鱗片　　逆立てる：倒豎

くねる：彎曲

212

文章閱讀解析

本書第三單元「讀解」，將長篇文章分段解析，並框出重點單字及句型，增進閱讀能力，掌握讀解得分訣竅。

男の人2人が事務室であしたの仕事の順番について話しています。説明と合っている順番はどれですか。
二個男人正在辦公室裡討論明天工作的順序。和說明相符的順序是哪一個呢？

男の人の演説を聞いてください。この男の人の演説を一言でまとめるとしたら、どれが一番いいですか。
請聽男人的演說。如果要用一句話來歸納男人的演說，哪一個最好呢？

二　何／何（什麼）

男の人と女の人が話しています。2人は何を見ていますか。
男人和女人正在說話。二個人正在看什麼呢？

男の人と女の人が話しています。男の人がもらったものは何ですか。
男人和女人正在說話。男人得到的東西是什麼呢？

お父さんと息子が話しています。息子は何がいやだと言っていますか。
父親和兒子正在說話。兒子說討厭什麼呢？

女の人が男の人に子供のことについて相談しています。女の人はこの後、子供に何と言いますか。
女人正在跟男人商量關於小孩的事。女人之後要跟小孩說什麼呢？

男の人と女の人が話しています。女の人は始めに何をしますか。
男人跟女人正在說話。女人一開始要做什麼呢？

第一單元 言語知識（文字・語彙）　第二單元 言語知識（文法）　第三單元 讀解　第四單元 題型整理

必考題型整理

本書第四單元「聽解」，分類各種聽解常見問句，快速掌握最關鍵的第一句。

STEP 2 檢測學習成果：

每一單元後皆有模擬試題，閱讀完後，透過實力測驗，幫助您熟悉題型、累積實力。

實力測驗

問題 I　次の文の（　　）に入れるのに最もよいものを、1・2・3・4から一つ選びなさい。

（ ）01 何十人もの人を殺すとは、人間に（　　）まじき行為だ。
1 あり　2 ある　3 ない　4 なし

（ ）02 来るに（　　）来ないに（　　）、返事してください。
1 か・か　2 なり・なり　3 しろ・しろ　4 つき・つき

（ ）03 彼はお前も読め（　　）、その手紙を机の上に放り出した。
1 とために　2 とばかりに　3 んがため　4 んばかり

（ ）04 驚いたことに、あの子の証言は何から何までうそ（　　）であった。
1 まみれ　2 がち　3 ついで　4 ずくめ

（ ）05 あの候補者は選挙に（　　）に、どんな汚い手も使った。
1 勝つなり　2 勝つ　3 勝たんがため　4 勝つうち

（ ）06 研究を成功させる（　　）、田中さんは何度も実験を繰り返した。
1 まじく　2 らしく　3 ゆえ　4 べく

（ ）07 マイホームを手に入れるために、1円（　　）むだづかいはできない。
1 ならでは　2 までも　3 たりとも　4 どころか

（ ）08 大地震の被害を受けた人々が早く元気になるように願って（　　）。
1 やまない　2 たえない　3 おかない　4 すまない

（ ）09 世界不況で、数千人からの社員を抱える大企業（　　）倒産が相次ぐ時代である。中小企業の苦しい状況はなおさらであろう。
1 にとって　2 にして　3 によって　4 にもまして

（ ）10 息子は大学院に入るといって必死でがんばっているが、夜も寝ていないようだし、食欲もない。今は息子の健康（　　）が心配だ。
1 すら　2 さえ　3 のみ　4 だに

問題 II　次の文の ★ に入る最もよいものを、1・2・3・4から一つ選びなさい。

（ ）11 ちゃんと理由を話してくれれば、お金を＿＿ ＿＿ ★ ＿＿。
1 貸さない　2 でも　3 ない　4 もの

（ ）12 あの女優は見かけは若く見えるが、実際の年齢はもう40歳を超えているの＿＿ ＿＿ ★ ＿＿。
1 ある　2 では　3 まい　4 か

（ ）13 デザイナーになるために留学した以上、どんなことがあっても＿＿ ＿＿ ★ ＿＿。
1 目的を　2 おかない　3 には　4 達成せず

第二單元 言語知識（文法） 實力測驗

模擬考題

完全模擬新日檢N1實際考題出題，讓您熟悉題型。

STEP 3 厚植應考實力：

做完模擬試題後，接著對答案。有不懂的地方，每一題模擬試題皆有詳盡解析，讓您抓住盲點，補強不足。

中文翻譯及解析

問題 I　次の文の（　　）に入れるのに最もよいものを、1・2・3・4から一つ選びなさい。（請從1・2・3・4裡面選出一個放進下列句子（　　）中最好的答案。）

（　）01 何十人もの人を殺すとは、人間に（　　）まじき行為だ。
　1 あり　2 ある　3 ない　4 なし
中譯 居然殺了幾十個人，這是身為一個人不應該有的的行為。
解析 「まじき」之前一定要加上「ある」構成「～あるまじき」，用來表示「不應有的」，正確答案為選項2。

（　）02 来るに（　　）来ないに（　　）、返事してください。
　1 か・か　2 なり・なり　3 しろ・しろ　4 つき・つき
中譯 不管來還是不來，請給我個答覆。
解析 句子的中間若是出現「疑似」命令形的結構，應該就是用來表示逆態接續，意思類似「～でも」。選項裡的「しろ」是動詞「する」的命令形，構成的句型「～にしろ～にしろ」（不管～還是～）功能和「～でも～でも」類似。正確答案為選項3。

（　）03 彼はお前も読め（　　）、その手紙を机の上に放り出した。
　1 とために　2 とばかりに　3 んがため　4 んばかり
中譯 他把那封信扔在桌上就好像說「你也來看看」。
解析 「～とばかり」和「～んばかり」的功能類似，主要差別在於「～と」的前面是內容、「～ん」的前面是不含語尾的動詞否定形。題目句的「読め」為動詞命令形，所以應該是「～とばかりに」的內容，正確答案為選項2。

199

一考就上！新日檢N1 全科總整理

（　）04 驚いたことに、あの子の証言は何から何までうそ（　　）であった。
　1 まみれ　2 がち　3 ついで　4 ずくめ
中譯 令人驚訝的是，那孩子的證詞從頭到尾全是假的。
解析 「～まみれ」是「全身沾滿～」；「～がち」是「容易～」；「～ついで」是「順便～」；「～ずくめ」是「全是～」。依句意，正確答案為選項4。

（　）05 あの候補者は選挙に（　　）に、どんな汚い手も使った。
　1 勝つなり　2 勝つ　3 勝たんがため　4 勝つうち
中譯 那位候選人為了贏得選舉，不管什麼骯髒的招式都用了。
解析 「～んがため」用來表示目的，特色在於前面接的是不含語尾的動詞否定形。因此「勝つ」變成「勝たない」之後構成的「勝たんがため」是正確說法，正確答案為選項3。

（　）06 研究を成功させる（　　）、田中さんは何度も実験を繰り返した。
　1 まじく　2 らしく　3 ゆえ　4 べく
中譯 為了讓研究成功，田中先生不停地重複進行實驗。
解析 「～らしく」用來表示推測；「～ゆえ」用來表示原因；「～べく」用來表示目的；「～まじく」現代文則不會使用。依句意，正確答案為選項4。

200

中文翻譯

每一題模擬試題皆有翻譯，讓您省下查字典時間，並完全了解句意。

完全解析

名師挑出重點做解說，針對陷阱做分析，讓您了解盲點所在，厚植應考實力。

如何掃描 QR Code 下載音檔

1. 以手機內建的相機或是掃描 QR Code 的 App 掃描封面的 QR Code。
2. 點選「雲端硬碟」的連結之後，進入音檔清單畫面，接著點選畫面右上角的「三個點」。
3. 點選「新增至「已加星號」專區」一欄，星星即會變成黃色或黑色，代表加入成功。
4. 開啟電腦，打開您的「雲端硬碟」網頁，點選左側欄位的「已加星號」。
5. 選擇該音檔資料夾，點滑鼠右鍵，選擇「下載」，即可將音檔存入電腦。

目　次

2 作者序
4 戰勝新日檢，掌握日語關鍵能力
8 如何使用本書

19 第一單元　言語知識（文字・語彙）

20 文字・語彙準備要領

21 必考單字整理

21 一　訓讀名詞

21（一）單音節名詞
21（二）雙音節名詞
24（三）三音節名詞
26（四）四音節名詞
29（五）五音節名詞
30（六）六音節名詞

31 二　和語動詞

32（一）I類動詞（五段動詞）

1.「～う」
2.「～く」
3.「～す」
4.「～つ」
5.「～ぶ」
6.「～む」
7.「～る」

55（二）II類動詞（一段動詞）

1.「～ｉる」
2.「～ｅる」
2.1「～える」
2.2「～ける」

2.3「～せる」
2.4「～てる」
2.5「～ねる」
2.6「～へる」
2.7「～める」
2.8「～れる」

69 三　イ形容詞

69（一）三音節イ形容詞
69（二）四音節イ形容詞
70（三）五音節イ形容詞
71（四）六音節イ形容詞

72 四　ナ形容詞

72（一）訓讀ナ形容詞
74（二）音讀ナ形容詞

77 五　副詞

77（一）「～て」型
77（二）「～っと」型
78（三）「～に」型
78（四）「～り」型
79（五）「ABAB」型
79（六）其他

81 六　外來語

81（一）雙音節外來語
81（二）三音節外來語
82（三）四音節外來語
83（四）五音節外來語
83（五）六音節外來語
84（六）七音節外來語

85 七　音讀漢語

112 實力測驗

117 解答、中文翻譯及解析

127 第二單元　言語知識（文法）

128 文法準備要領

130 必考文法分析

130 一　接尾語・複合語

001 ～まみれ
002 ～ずくめ
003 ～並（な）み
004 ～ぐるみ
005 ～めく
006 ～ぶる
007 ～っぱなし
008 ～こなす
009 ～がい
010 ～がてら
011 ～かたがた
012 ～極（きわ）まる / ～極（きわ）まりない
013 ～あっての
014 ～たる
015 ～まじき

137 二　副助詞

016 ～すら
017 ただ～のみ
018 ただ～のみならず
019 ひとり～のみならず
020 ～からある / ～からの
021 ～とは
022 ～たりとも
023 ～ばこそ
024 ～だに
025 ～なりに / ～なりの
026 ～つ～つ
027 ～だの～だの
028 ～のやら～のやら

143 三　複合助詞

143（一）「を～」類

029 ～を限（かぎ）りに
030 ～をおいて
031 ～をもって
032 ～をよそに
033 ～を兼（か）ねて
034 ～を踏（ふ）まえて
035 ～を皮切（かわき）りに（して）/ ～を皮切（かわき）りとして

036 ～をものともせずに

147 （二）「に～」類

037 ～にあって
038 ～にして
039 ～に至(いた)って / ～に至(いた)る / ～に至(いた)るまで
040 ～に即(そく)して / ～に即(そく)した
041 ～にひきかえ
042 ～にもまして
043 ～にかまけて
044 ～にかけても
045 ～に先駆(さきが)けて
046 ～にかかわる
047 ～にとどまらず
048 ～に～かねて
049 ～に～を重(かさ)ねて
050 ～につけ～につけ

154 （三）其他複合助詞

051 ～とあって
052 ～とあれば
053 ～と相(あい)まって
054 ～の至(いた)り
055 ～の極(きわ)み
056 ～はさておき
057 ～はおろか

157 四　接續用法 ……………………………………………………

058 ～が早(はや)いか
059 ～や否(いな)や / ～や
060 ～なり
061 ～そばから
062 ～かたわら
063 ～ところを
064 ～たが最後(さいご) / ～たら最後(さいご)
065 ～なくして（は）
066 ～なしに（は）
067 ～ことなしに
068 ～ともなく / ～ともなしに
069 ～もさることながら
070 ～ながらに
071 ～ながらも
072 ～とはいえ
073 ～といえども
074 ～と思(おも)いきや
075 ～ものを
076 ～たところで
077 ～としたところで / ～にしたところで / ～としたって / ～にしたって
078 ～（よ）うが / ～（よ）うと

079 ～（よ）うが～まいが / ～（よ）うと～まいと
080 ～であれ
081 ～であれ～であれ
082 ～なり～なり
083 ～といい～といい
084 ～といわず～といわず
085 ～ゆえに / ～ゆえの
086 ～こととて
087 ～ではあるまいし / ～じゃあるまいし
088 ～ないまでも
089 ～ならでは
090 ～いかん / ～いかんによって
091 ～いかんによらず / ～いかんにかかわらず
092 ～ともなると / ～ともなれば
093 ～ごとき / ～ごとく
094 ～とばかりに
095 ～んばかりに
096 ～んがため
097 ～べく
098 ～べからざる
099 ～ならまだしも
100 ～ならいざ知らず
101 ～（よ）うものなら
102 ～ときたら
103 ～というもの
104 ～てからというもの

178 五　句尾用法

105 ～かぎりだ
106 ～しまつだ
107 ～ずじまいだ
108 ～までだ / ～までのことだ
109 ～ばそれまでだ
110 ～というところだ / ～といったところだ
111 ～きらいがある
112 ～にもほどがある
113 ～でなくてなんだろう
114 ～てすむ / ～ですむ
115 ～てやまない
116 ～てかなわない
117 ～てはばからない
118 ～ても～きれない
119 ～（よ）うにも～ない
120 ～に足る
121 ～にたえる / ～にたえない
122 ～に（は）あたらない
123 ～にかたくない
124 ～には及ばない
125 ～に限ったことではない
126 ～に越したことはない

127 ～までもない　128 ～べくもない

129 ～べからず

130 ～といったらない / ～といったらありはしない / ～といったらありゃしない

131 ～とは比べものにならない　132 ～たものではない

133 ～以外の何ものでもない

134 ～ないでもない / ～ないものでもない

135 ～ないとも限らない

136 ～ずにはすまない / ～ないではすまない

137 ～ずにはおかない / ～ないではおかない

138 ～を禁じ得ない

139 ～を余儀なくされる / ～を余儀なくさせる

194 實力測驗

198 解答、中文翻譯及解析

209 第三單元　讀解

210 讀解準備要領

211 文章閱讀解析

211 一　本文

214 二　解析

222 實力測驗

230 解答、中文翻譯及解析

249 第四單元　聽解

250 聽解準備要領

252 必考題型整理

252 一　どれ（哪個）

253 二　何(なん)／何(なに)（什麼）

254 三　どう（如何）

254 四　その他(た)（其他）

256 實力測驗

261 解答、日文原文及中文翻譯

269 附錄　新日檢「Can-do」檢核表

第一單元

言語知識（文字・語彙）

文字・語彙準備要領

N1言語知識的「文字・語彙」部分共有四大題。第一大題考漢字的讀音，共有6小題；第二大題則是考克漏字，有7小題；第三大題考同義字，有6小題；第四大題考單字用法，有6小題。

本單元中的「必考單字整理」將N1單字整理為「訓讀名詞」、「和語動詞」、「イ形容詞」、「ナ形容詞」、「副詞」、「外來語」、「音讀漢語」七部分。每一部分，都是依照音節數、五十音順序、或是字型來分類，只要讀者將字義記熟、並配合音檔複誦，定能在短時間內記住所有生字。

單字都記起來後，就可以進行最後的「實力測驗」，請計時15分鐘作答。作答完畢後，就可對答案，並對照最後的中文翻譯和解析，確認自己錯的題目是否已經全部瞭解。

N1考試和N2考試最大的不同在於龐大的單字量，但許多考生卻採取了和N2一樣的準備方式，也就是只將重點放在文法。請注意！文法固然重要，但「文字・語彙」部分要是沒有一定程度，是相當難通過考試的。此外，過去參加N2～N5考試時，漢字部分幾乎可說是華人地區考生的送分題。但是N1考試會考相同發音和相同漢字的題目，如果還是照著過去的準備方式，也就是只把重點放在動詞、形容詞等「和語」，而不注重「漢語」的話，過去的送分題可能會成為N1的致命傷。請記住：N1合格的關鍵在單字、單字高分的關鍵在漢語。各位，請開始認真準備單字吧！

必考單字整理

一　訓讀名詞

漢字讀音可分為「音讀」和「訓讀」。「音讀」時，該漢字是以其字音來發音。由於這樣的發音與中文發音有著一定程度的關聯，所以對華人來說，只要多接觸，一定能夠慢慢掌握發音的規則。另一方面，「訓讀」卻非以字音來發音，而是以字義來發音。正因為該漢字的唸法與漢字的字音無關，所以如果沒學過的詞彙，再怎麼樣也不可能知道應該怎麼發音。因此，本單元整理出了N1考試範圍內的訓讀名詞，並以音節數及五十音順序排列。配合本書所附之音檔，絕對可以幫助讀者在最短的時間內，輕鬆熟記以下的訓讀名詞。

（一）單音節名詞 MP3-01

日文發音	漢字表記	中文翻譯
は	刃	刀刃

（二）雙音節名詞 MP3-02

	日文發音	漢字表記	中文翻譯	日文發音	漢字表記	中文翻譯
ア行	あみ	網	網	いね	稲	水稻
	うず	渦	漩渦	うめ	梅	梅子
	おき	沖	湖面、海上	おに	鬼	妖怪
	おび	帯	衣帶			

カ行	日文發音	漢字表記	中文翻譯	日文發音	漢字表記	中文翻譯
	がけ	崖	懸崖	かさ	傘	雨傘
	かた	肩	肩膀	かべ	壁	牆壁
	から	殻	外殼	がら	柄	體格、人品、花紋
	きし	岸	岸	きぬ	絹	絲綢
	きり	霧	霧	くぎ	釘	釘子
	くせ	癖	習慣	こし	腰	腰

サ行	日文發音	漢字表記	中文翻譯	日文發音	漢字表記	中文翻譯
	しお	潮	潮汐	した	舌	舌頭
	しも	霜	霜	しろ	城	城
	すき	鋤	鋤頭	すじ	筋	筋
	すそ	裾	下襬	すな	砂	沙
	すみ	隅	角落	そで	袖	袖子

タ行	日文發音	漢字表記	中文翻譯	日文發音	漢字表記	中文翻譯
	たき	滝	瀑布	たな	棚	棚架、支架
	たに	谷	山谷、溪谷	たね	種	種子
	たば	束	把、捆	つな	綱	繩索
	つぶ	粒	顆粒	つみ	罪	罪過
	つめ	爪	指甲	つゆ	露	露水
	どて	土手	堤防	どろ	泥	泥

ナ行

日文發音	漢字表記	中文翻譯	日文發音	漢字表記	中文翻譯
なべ	鍋	鍋	なみ	波	波浪
なみ	並	普通	にじ	虹	彩虹
のき	軒	屋簷			

ハ行

日文發音	漢字表記	中文翻譯	日文發音	漢字表記	中文翻譯
はか	墓	墓	はし	箸	筷子
はじ	恥	丟臉	はた	旗	旗幟
はね	羽	羽毛	はば	幅	寬、幅度
はま	浜	海濱	ひま	暇	閒暇
ふえ	笛	笛子	ふだ	札	牌子
ふち	縁	邊、緣			

マ行

日文發音	漢字表記	中文翻譯	日文發音	漢字表記	中文翻譯
まど	窓	窗戶	みき	幹	樹幹
みぞ	溝	水溝	むちゃ	無茶	過分

ヤ行

日文發音	漢字表記	中文翻譯	日文發音	漢字表記	中文翻譯
やみ	闇	黑暗	ゆめ	夢	夢
よめ	嫁	媳婦			

ワ行

日文發音	漢字表記	中文翻譯
われ	我	我

（三）三音節名詞 MP3-03

ア行

日文發音	漢字表記	中文翻譯	日文發音	漢字表記	中文翻譯
あいま	合間	空隙、空閒	あかじ	赤字	赤字
あたい	値	價格、價值	あまぐ	雨具	雨具
あらし	嵐	暴風雨	いえで	家出	離家出走
いずみ	泉	泉水	いのち	命	生命
うけみ	受け身	被動	うつわ	器	容器
うわき	浮気	見異思遷、外遇	えもの	獲物	獵物、戰利品
おちば	落ち葉	落葉			

カ行

日文發音	漢字表記	中文翻譯	日文發音	漢字表記	中文翻譯
かしら	頭	首領	かって	勝手	任意
くぎり	区切り	段落	くさり	鎖	鎖鏈
くびわ	首輪	項鍊	くろじ	黒字	盈餘
こがら	小柄	身材短小、碎花紋	ここち	心地	心情
こぜに	小銭	零錢			

サ行

日文發音	漢字表記	中文翻譯	日文發音	漢字表記	中文翻譯
さしず	指図	指示	しあげ	仕上げ	做完、收尾
しいれ	仕入れ	採購	しくみ	仕組み	構造
したじ	下地	準備、底子	したび	下火	火勢漸微
じぬし	地主	地主	じもと	地元	當地
すがた	姿	姿態			

タ行

日文發音	漢字表記	中文翻譯	日文發音	漢字表記	中文翻譯
たたみ	畳	榻榻米	つぎめ	継ぎ目	接縫
つなみ	津波	海嘯	つばさ	翼	翅膀
てあて	手当	津貼	てぎわ	手際	技巧
てじゅん	手順	步驟	てじょう	手錠	手銬
てすう	手数	費事	てはい	手配	安排
てびき	手引き	嚮導	てほん	手本	範例
てもと	手元	身邊	てわけ	手分け	分工
となり	隣	隔壁	とびら	扉	門扉
とんや	問屋	批發商			

ナ行

日文發音	漢字表記	中文翻譯	日文發音	漢字表記	中文翻譯
なかば	半ば	一半	なごり	名残	餘韻、留戀
なさけ	情け	人情	なだれ	雪崩	雪崩
ななめ	斜め	斜、歪	なふだ	名札	名牌
なまみ	生身	活人	なみだ	涙	眼淚
ねいろ	音色	音色	ねうち	値打ち	價值
ねびき	値引き	減價			

ハ行

日文發音	漢字表記	中文翻譯	日文發音	漢字表記	中文翻譯
はしら	柱	支柱	はだし	裸足	赤腳
はだか	裸	裸體	はまべ	浜辺	海邊
ひごろ	日頃	平日	ひとけ	人気	好像有人的様子、人的聲息

行	日文發音	漢字表記	中文翻譯	日文發音	漢字表記	中文翻譯
ハ行	ひとみ	瞳	眼睛、瞳孔	ひとめ	人目	他人眼光
	ひどり	日取り	擇日、日期	ひなた	日向	向陽處
	ひばな	火花	火花	ひやけ	日焼け	曬黑
	ふくろ	袋	袋			

マ行	日文發音	漢字表記	中文翻譯	日文發音	漢字表記	中文翻譯
	まうえ	真上	正上面	ました	真下	正下面
	みあい	見合い	相親	みこみ	見込み	預估、希望
	みさき	岬	海角	みずけ	水気	水分
	みなと	港	港口			

ヤ行	日文發音	漢字表記	中文翻譯	日文發音	漢字表記	中文翻譯
	やくば	役場	公所	やしき	屋敷	建築用地、宅邸
	よふけ	夜更け	深夜			

（四）四音節名詞 MP3-04

ア行	日文發音	漢字表記	中文翻譯	日文發音	漢字表記	中文翻譯
	あとつぎ	後継ぎ	繼承人	あぶらえ	油絵	油畫
	あまくち	甘口	帶甜味的、花言巧語	ありさま	有り様	情況
	いいわけ	言い訳	藉口	うけもち	受け持ち	擔任
	うちけし	打ち消し	取消	うちわけ	内訳	明細、分類
	うでまえ	腕前	才幹	うめぼし	梅干し	酸梅
	うりだし	売り出し	促銷、減價	おおがら	大柄	魁梧、大花圖案

ア行	おおすじ	大筋	大綱	おおはば	大幅	大幅度
	おおやけ	公	公共	おちつき	落ち着き	鎮靜、沉著
	おてあげ	お手上げ	束手無策	おりもの	織物	紡織品

カ行	日文發音	漢字表記	中文翻譯	日文發音	漢字表記	中文翻譯
	かいがら	貝殻	貝殼	かおつき	顔付き	相貌
	かけあし	駆け足	跑步	かたこと	片言	隻字片語、不清楚的話
	かたづけ	片付け	收拾	かぶしき	株式	股份
	かみなり	雷	雷	くさばな	草花	花草
	くちびる	唇	嘴唇	くろうと	玄人	專家
	こぎって	小切手	支票	こころえ	心得	素養、須知
	ことがら	事柄	事情			

サ行	日文發音	漢字表記	中文翻譯	日文發音	漢字表記	中文翻譯
	さかだち	逆立ち	倒立、顛倒	さしひき	差し引き	差額
	ざんだか	残高	餘額	しあがり	仕上がり	完成
	したどり	下取り	抵價			

タ行	日文發音	漢字表記	中文翻譯	日文發音	漢字表記	中文翻譯
	だいなし	台なし	蹧蹋、垮台、泡湯	たてまえ	建前	原則、客套
	つりがね	釣り鐘	吊鐘	つりかわ	吊り革	吊環
	ておくれ	手遅れ	耽擱、為時已晚	てがかり	手掛かり	線索
	てまわし	手回し	安排	でなおし	出直し	再來、重新做起

タ行					
ときおり	時折	有時	としごろ	年頃	適婚年齡、適齡期
とじまり	戸締まり	鎖門	とりひき	取引	交易
どろぬま	泥沼	泥沼	どわすれ	度忘れ	一時想不起來

ナ行

日文發音	漢字表記	中文翻譯	日文發音	漢字表記	中文翻譯
なこうど	仲人	媒人	にせもの	偽物	冒牌貨
ねまわし	根回し	事先疏通	のきなみ	軒並み	連棟房子
のっとり	乗っ取り	攻佔			

ハ行

日文發音	漢字表記	中文翻譯	日文發音	漢字表記	中文翻譯
はちみつ	蜂蜜	蜂蜜	はらだち	腹立ち	生氣憤怒
はりがみ	張り紙	廣告、標語	ひといき	一息	一口氣
ひところ	一頃	一時	ひとすじ	一筋	一條
ひとかげ	人影	人影	ひとがら	人柄	人品、為人
ひとじち	人質	人質	ひるめし	昼飯	午飯

マ行

日文發音	漢字表記	中文翻譯	日文發音	漢字表記	中文翻譯
まえうり	前売り	預售	まえおき	前置き	前言
まごころ	真心	誠意	みずうみ	湖	湖泊
みずから	自ら	自己	みつもり	見積もり	估價
みとおし	見通し	預測	みなもと	源	根源
みならい	見習い	見習	みのうえ	身の上	境遇、身世、命運
みはらし	見晴らし	眺望			

ヤ行	日文發音	漢字表記	中文翻譯	日文發音	漢字表記	中文翻譯
	ゆうやけ	夕焼け	晚霞	よこづな	横綱	首屈一指、橫綱（相撲一級力士）
	よしあし	善し悪し	善惡	よふかし	夜更かし	熬夜

ワ行	日文發音	漢字表記	中文翻譯	日文發音	漢字表記	中文翻譯
	わりあて	割り当て	分配	わりこみ	割り込み	插入、插隊、擠入
	わるもの	悪者	壞蛋			

（五）五音節名詞 MP3-05

ア行	日文發音	漢字表記	中文翻譯
	あいだがら	間柄	關係
	あとまわし	後回し	往後挪、緩辦
	いなびかり	稲光	閃電
	うらがえし	裏返し	反過來
	おないどし	同い年	同年
	おもてむき	表向き	公開、表面

カ行	日文發音	漢字表記	中文翻譯
	かたおもい	片思い	單戀
	からだつき	体つき	體型
	くびかざり	首飾り	項鍊
	こころがけ	心掛け	留心、留意

サ行

日文發音	漢字表記	中文翻譯
したごころ	下心	別有用心

タ行

日文發音	漢字表記	中文翻譯
つとめさき	勤め先	工作地點
といあわせ	問い合わせ	詢問
とおまわり	遠回り	繞道
ともかせぎ	共稼ぎ	雙薪家庭
とりしまり	取り締まり	取締

ハ行

日文發音	漢字表記	中文翻譯
ひかえしつ	控え室	休息室
ひだりきき	左利き	左撇子

マ行

日文發音	漢字表記	中文翻譯
むだづかい	無駄遣い	浪費

ワ行

日文發音	漢字表記	中文翻譯
わたりどり	渡り鳥	候鳥

（六）六音節名詞 MP3-06

日文發音	漢字表記	中文翻譯
とりあつかい	取り扱い	接待、處理

二　和語動詞

如果將日文的動詞做最簡易的分類，可以分為「漢語動詞」和「和語動詞」。「漢語動詞」指的就是「名詞＋する」這類的動詞。而「和語動詞」，指的是「Ｉ類動詞」、「II類動詞」以及「III類動詞」中的「来（く）る」。這些動詞的發音均為訓讀，因此無法從漢字去推測其讀音，所以必須一個一個記下來。

本單元將N1範圍的和語動詞先分為「Ｉ類動詞」、「II類動詞」兩類。再依型態，以語尾音節整理，並按照五十音順序排列。相信可以幫助考生用最短的時間瞭解相關動詞。此外，考試時的備選答案通常是同型態的動詞，所以同一組的動詞請互相對照發音的異同。

考試時，在題目上通常不會出現漢字，因此希望不要依賴漢字去記字義，而是要確實熟記每個動詞的發音才行。雖然相關動詞不少，但若能將以下「和語動詞」記熟，N1考試等於成功了一半。所以，請好好加油吧！

<table>
<tr><td>（一）Ｉ類動詞</td><td colspan="2">1.「～う」
2.「～く」
3.「～す」
4.「～つ」
5.「～ぶ」
6.「～む」
7.「～る」</td></tr>
<tr><td rowspan="2">（二）II類動詞</td><td colspan="2">1.「～iる」</td></tr>
<tr><td>2.「～eる」</td><td>2.1「～える」
2.2「～ける」
2.3「～せる」
2.4「～てる」
2.5「～ねる」
2.6「～へる」
2.7「～める」
2.8「～れる」</td></tr>
</table>

（一）I類動詞（五段動詞）

1.「～う」 MP3-07

	日文發音	漢字表記	例句
ア行	あざわらう	嘲笑う	鈴木（すずき）さんは鼻先（はなさき）で嘲笑（あざわら）った。 鈴木先生「哼」地冷笑了一聲。
	うたがう	疑う	疑（うたが）う余地（よち）がない。 沒有懷疑的餘地。
	うるおう	潤う	この雨（あめ）で植物（しょくぶつ）が潤（うるお）うだろう。 因為這場雨，植物應該會滋潤吧！
	おう	負う	任務（にんむ）を負（お）う。 背負任務。
	おそう	襲う	嵐（あらし）に襲（おそ）われる。 被暴風雨襲擊。

	日文發音	漢字表記	例句
カ行	かなう	叶う	夢（ゆめ）が叶（かな）うために頑張（がんば）っている。 為了實現夢想而努力著。
	かばう	庇う	弱（よわ）い者（もの）を庇（かば）う。 保護弱者。
	くいちがう	食い違う	待（ま）ち合（あ）わせの場所（ばしょ）が食（く）い違（ちが）った。 約定的地點弄錯了。

	日文發音	漢字表記	例句
サ行	さらう	攫う	中島(なかじま)さんの子供(こども)が攫(さら)われた。 中島先生的小孩被捉走了。
	したう	慕う	恋人(こいびと)を慕(した)ってロサンゼルスまで行(い)く。 追隨戀人到洛杉磯去。
	そう	沿う	住民(じゅうみん)の声(こえ)に沿(そ)う。 順應居民的聲音。
	そう	添う	まるで影(かげ)の形(かたち)に添(そ)うようにいつも一緒(いっしょ)にいる。 形影不離地一直在一起。
	そこなう	損なう	彼女(かのじょ)の機嫌(きげん)を損(そこ)なう。 破壞她的情緒。

	日文發音	漢字表記	例句
タ行	ただよう	漂う	空(そら)に白(しろ)い雲(くも)が漂(ただよ)っている。 天空飄著白雲。
	つくろう	繕う	屋根(やね)を繕(つくろ)う。 修理屋頂。
	とう	問う	道(みち)を問(と)う。 問路。
	ともなう	伴う	社長(しゃちょう)に伴(ともな)って出張(しゅっちょう)する。 陪社長出差。
	とりあつかう	取り扱う	事務(じむ)を取(と)り扱(あつか)う。 處理事務。

ナ行	日文發音	漢字表記	例句
	にかよう	似通う	2人は性格まで似通う。 二人連個性都像。
	にぎわう	賑わう	市場は賑わっている。 市場很熱鬧。
	になう	担う	自分のしたことに責任を担う。 對自己所做的事承擔責任。

ハ行	日文發音	漢字表記	例句
	はじらう	恥じらう	あの少女は恥じらうように俯いている。 那個少女好像害羞地低著頭。

マ行	日文發音	漢字表記	例句
	まう	舞う	蝶が空を舞う。 蝴蝶在空中飛舞。
	まかなう	賄う	夕食を賄う。 供應晚餐。
	みならう	見習う	先生の発音を見習う。 模仿老師的發音。
	みはからう	見計らう	昼食の材料を見計らう。 斟酌午餐的材料。

ヤ行	日文發音	漢字表記	例句
	やしなう	養う	家族を養う。 養活一家人。

2.「～く」 MP3-08

	日文發音	漢字表記	例句
ア行	あいつぐ	相次ぐ	犬（いぬ）が病気（びょうき）で相次（あいつ）いで死（し）んだ。 狗因生病相繼死去。
	あざむく	欺く	彼（かれ）は彼女（かのじょ）を欺（あざむ）いた。 他欺騙了女朋友。
	うつむく	俯く	俯（うつむ）いて話（はな）す。 低頭說話。
	うけつぐ	受け継ぐ	遺産（いさん）を受（う）け継（つ）ぐ。 繼承遺產。
	えがく	描く	感情（かんじょう）を描（えが）いた。 描寫了感情。
	おもむく	赴く	大阪（おおさか）に赴（おもむ）く。 前往大阪。

	日文發音	漢字表記	例句
カ行	かく	欠く	注意（ちゅうい）を欠（か）いたために、失敗（しっぱい）した。 因為不小心而失敗了。
	きずく	築く	事業（じぎょう）の基盤（きばん）を築（きず）く。 打下事業的基礎。
	きずつく	傷付く	彼女（かのじょ）の心（こころ）は傷付（きずつ）きやすい。 她的心很容易受傷。

	日文發音	漢字表記	例句
サ行	さばく	裁く	法律(ほうりつ)に従(したが)って裁(さば)く。 依法判決。
	そむく	背く	約束(やくそく)に背(そむ)く。 違背約定。

	日文發音	漢字表記	例句
タ行	たどりつく	辿り着く	ようやく夢(ゆめ)の彼方(かなた)に辿(たど)り着(つ)いた。 終於到達夢想的那一端。
	つぐ	継ぐ	家業(かぎょう)を継(つ)ぐ。 繼承家業。
	つつく	突つく	肘(ひじ)で突(つ)ついて注意(ちゅうい)する。 用手肘輕碰提醒。
	つぶやく	呟く	彼女(かのじょ)は何事(なにごと)か呟(つぶや)いていた。 她嘴裡嘟囔著什麼。
	つらぬく	貫く	自分(じぶん)の意志(いし)を貫(つらぬ)く。 貫徹自己的意志。
	とく	説く	改革(かいかく)の必要性(ひつようせい)を説(と)く。 說明改革的必要性。
	とぐ	研ぐ	包丁(ほうちょう)を研(と)ぐ。 研磨菜刀。
	とりつぐ	取り次ぐ	受付(うけつけ)が担当者(たんとうしゃ)に電話(でんわ)を取(と)り次(つ)ぐ。 總機把電話轉給承辦人。

	日文發音	漢字表記	例句
ナ行	なげく	嘆く	世の腐敗を嘆く。 感嘆社會腐敗。
	なつく	懐く	子供たちはよく私に懐いている。 小孩子們很愛親近我。

	日文發音	漢字表記	例句
ハ行	はぐ	剥ぐ	木の皮を剥ぐ。 剝樹皮。
	はじく	弾く	爪で服のほこりを弾く。 用指甲彈掉衣服上的灰塵。
	はたく	叩く	布団を叩く。 拍打棉被。
	ばらまく	ばら撒く	転んでお菓子を道にばら撒く。 跌倒把點心撒在路上。
	ひく	弾く	ピアノを弾く。 彈鋼琴。
	ひっかく	引っ掻く	痒いところを引っ掻く。 搔癢。
	ぼやく	—	仕事がうまくいかないとすぐぼやく。 工作不順利就立刻發牢騷。

マ行	日文發音	漢字表記	例句
	まねく	招く	手（て）を振（ふ）ってボーイを招（まね）く。 招手叫男服務生來。
	みちびく	導く	お客様（きゃくさま）を席（せき）に導（みちび）く。 將客人帶到位子上。
	むすびつく	結び付く	努力（どりょく）が成功（せいこう）に結（むす）び付（つ）く。 努力與成功密切相關。
	もがく	–	犬（いぬ）が池（いけ）に落（お）ちてもがいている。 狗掉進池塘裡掙扎著。

ヤ行	日文發音	漢字表記	例句
	ゆらぐ	揺らぐ	柳（やなぎ）の枝（えだ）が風（かぜ）に揺（ゆ）らぐ。 柳枝在風中搖曳。

3.「～す」 MP3-09

ア行	日文發音	漢字表記	例句
	あかす	明かす	秘密（ひみつ）を明（あ）かす。 說出秘密。
	あらす	荒らす	戦争（せんそう）が村（むら）を荒（あ）らす。 戰爭使村子荒廢。
	いかす	活かす	お金（かね）を活（い）かして使（つか）う。 活用金錢。
	うながす	促す	早（はや）く返事（へんじ）するように彼（かれ）を促（うなが）す。 催他快點答覆。

ア行	うりだす	売り出す	チケットを１１時から売り出す。 十一點開始賣票。
ア行	うるおす	潤す	お茶で喉を潤す。 用茶潤喉。
ア行	おいだす	追い出す	組織から裏切り者を追い出す。 把叛徒趕離組織。
ア行	おかす	犯す	罪を犯す。 犯罪。
ア行	おかす	侵す	人権を侵す。 侵犯人權。
ア行	おくらす	遅らす	時計の針を１時間遅らす。 把鐘錶的時針撥慢一個小時。
ア行	おどかす	脅かす	ナイフで人を脅かす。 用刀子威脅人。
ア行	おどす	脅す	ナイフで人を脅す。 用刀子威脅人。
ア行	おびやかす	脅かす	公害が人民の健康を脅かす。 公害威脅人民的健康。

カ行	日文發音	漢字表記	例句
カ行	かきまわす	かき回す	スープをかき回す。 攪拌湯。
カ行	かわす	交わす	手紙を交わす。 通信。

カ行	くつがえす	覆す	波が船を覆した。 浪打翻了船。
カ行	くりかえす	繰り返す	注意を繰り返す。 反覆叮嚀。
カ行	けとばす	蹴飛ばす	ボールを蹴飛ばす。 把球踢開。
カ行	けなす	貶す	彼の小説を貶した。 貶低了他的小說。
カ行	こころざす	志す	彼女は作家を志している。 她立志要當作家。
カ行	こらす	凝らす	息を凝らして聞いている。 屏氣凝神地聽著。

	日文發音	漢字表記	例句
サ行	しるす	記す	感想を日記に記す。 把感想記在日記上。
サ行	すます	済ます	仕事を済ます。 完成工作。
サ行	すます	澄ます	心を澄ます。 靜下心來。
サ行	そらす	反らす	身を反らして笑う。 仰天大笑。

	日文發音	漢字表記	例句
タ行	たてなおす	立て直す	計画を立て直す。 重作計畫。
	ついやす	費やす	このアルバムの完成に1年を費やした。 耗費一年的時間完成這張專輯。
	つくす	尽くす	成功のために、全力を尽くす。 為了成功而盡全力。
	でくわす	出くわす	街で友達に出くわした。 在街上偶遇朋友。
	てりかえす	照り返す	路面が日差しを照り返す。 路面反射陽光。

	日文發音	漢字表記	例句
ナ行	なやます	悩ます	工場の騒音が住民を悩ます。 工廠的噪音讓居民傷腦筋。
	ならす	慣らす	体を寒さに慣らす。 讓身體習慣寒冷。
	にげだす	逃げ出す	隙を見て逃げ出す。 趁隙逃跑。
	ぬかす	抜かす	大事なところを抜かした。 漏了重要之處。
	ぬけだす	抜け出す	授業をさぼって、学校を抜け出す。 蹺課溜出學校。
	のがす	逃す	チャンスを逃す。 錯過機會。

行	日文發音	漢字表記	例句
ナ行	のばす	伸ばす	才能(さいのう)を伸(の)ばす。 發揮才能。
ハ行	はげます	励ます	友達(ともだち)を励(はげ)ます。 鼓勵朋友。
	はたす	果たす	希望(きぼう)を果(は)たした。 實現了願望。
	はやす	生やす	ひげを生(は)やす。 留鬍子。
	ひきおこす	引き起こす	トラブルを引(ひ)き起(お)こす。 引發麻煩。
	ひたす	浸す	水(みず)に足(あし)を浸(ひた)す。 把腳泡在水裡。
	ひやかす	冷やかす	友達(ともだち)を冷(ひ)やかす。 奚落朋友。
	ほどこす	施す	手術(しゅじゅつ)を施(ほどこ)す。 施行手術。
	ほろぼす	滅ぼす	敵(てき)を滅(ほろ)ぼす。 消滅敵人。

	日文發音	漢字表記	例句
マ行	まかす	任す	この仕事（しごと）を彼女（かのじょ）に任（まか）す。 把這件工作交待給她。
	まかす	負かす	ライバルを負（ま）かす。 打敗競爭對手。
	みたす	満たす	成功（せいこう）が心（こころ）を満（み）たす。 成功讓心靈滿足。
	みだす	乱す	心（こころ）を乱（みだ）す。 擾亂心神。
	みなす	見なす	黙（だま）っている者（もの）は賛成（さんせい）と見（み）なす。 不說話的人視為贊成。
	みのがす	見逃す	せっかくのチャンスを見逃（みのが）す。 錯過難得的機會。
	めす	召す	お気（き）に召（め）しましたか。 您滿意了嗎？
	もたらす	—	戦争（せんそう）が惨（みじ）めな生活（せいかつ）をもたらした。 戰爭帶來了悲慘的生活。
	もてなす	持て成す	先生（せんせい）を持（も）て成（な）す。 招待老師。
	もよおす	催す	カラオケ大会（たいかい）を催（もよお）す。 舉辦卡拉OK比賽。
	もらす	漏らす	秘密（ひみつ）を漏（も）らした。 洩漏了秘密。

	日文發音	漢字表記	例句
ヤ行	やりとおす	やり通す	最後まで仕事をやり通す。 把工作做到最後。
	ゆびさす	指差す	子供は好きな物を指差す。 小孩子用手指著喜歡的東西。

4.「～つ」 MP3-10

	日文發音	漢字表記	例句
タ行	たもつ	保つ	一定の距離を保つ。 保持一定的距離。

	日文發音	漢字表記	例句
ナ行	なりたつ	成り立つ	契約が成り立つ。 契約成立。

5.「～ぶ」 MP3-11

	日文發音	漢字表記	例句
ア行	およぶ	及ぶ	交渉は３時間に及ぶ。 交涉長達三小時。

	日文發音	漢字表記	例句
タ行	とうとぶ	尊ぶ	皆さんの意見を尊ぶ。 尊重大家的意見。

6.「～む」 MP3-12

	日文發音	漢字表記	例句
ア行	あからむ	赤らむ	顔（かお）が赤（あか）らむ。 臉紅。
	あやぶむ	危ぶむ	わが社（しゃ）の存続（そんぞく）を危（あや）ぶむ。 危及到我們公司的存亡。
	あゆむ	歩む	自分（じぶん）が選（えら）んだ道（みち）を歩（あゆ）む。 走自己選擇的路。
	いきごむ	意気込む	意気込（いきご）んで答（こた）える。 志得意滿地回答。
	いとなむ	営む	生活（せいかつ）を営（いとな）む。 過活。
	いどむ	挑む	世界記録（せかいきろく）に挑（いど）む。 挑戰世界紀錄。
	うちこむ	打ち込む	仕事（しごと）に打（う）ち込（こ）む。 熱衷於工作。
	うむ	産む	子供（こども）を産（う）む。 生小孩。

	日文發音	漢字表記	例句
カ行	かさむ	嵩む	送料（そうりょう）が嵩（かさ）む。 運費增加。
	かすむ	霞む	月（つき）が霞（かす）む。 月色朦朧。

カ行			
	からむ	絡む	糸が絡んで解けない。 繩子纏住，解不開。
	きしむ	軋む	床が軋む。 地板嘎嘎作響。
	くちずさむ	口ずさむ	歌を口ずさみながら、仕事をする。 一邊哼著歌，一邊工作。
	くみこむ	組み込む	国際会議の経費を予算に組み込む。 把國際會議的經費編入預算中。

サ行	日文發音	漢字表記	例句
	したしむ	親しむ	よく親しんだ友が亡くなった。 很親的朋友過世了。

タ行	日文發音	漢字表記	例句
	たるむ	弛む	皮膚が弛む。 皮膚鬆弛。
	ちぢむ	縮む	セーターが縮む。 毛衣縮水。
	つつしむ	慎む	言葉を慎む。 慎言。
	つまむ	摘む	お寿司を摘む。 夾壽司。
	つむ	摘む	花を摘む。 摘花。
	とりこむ	取り込む	洗濯したものを取り込む。 拿回洗好的東西。

	日文發音	漢字表記	例句
ナ行	にじむ	滲む	血(ち)が滲(にじ)む。 滲血。
	ねたむ	妬む	彼(かれ)の幸運(こううん)を妬(ねた)む。 嫉妒他的幸運。
	のぞむ	望む	進学(しんがく)を望(のぞ)む。 希望升學。
	のりこむ	乗り込む	迎(むか)えの車(くるま)に乗(の)り込(こ)む。 坐上迎接的車子。

	日文發音	漢字表記	例句
ハ行	はげむ	励む	仕事(しごと)に励(はげ)む。 努力工作。
	はずむ	弾む	このボールはよく弾(はず)む。 這個球彈性好。
	はばむ	阻む	彼(かれ)の発言(はつげん)を阻(はば)む。 阻止他發言。
	ふみこむ	踏み込む	悪(わる)い道(みち)に踏(ふ)み込(こ)む。 走上惡途。
	ほうりこむ	放り込む	汚(よご)れた服(ふく)を洗濯機(せんたくき)に放(ほう)り込(こ)む。 把髒衣服丟進洗衣機。

	日文發音	漢字表記	例句
マ行	まちのぞむ	待ち望む	子供(こども)の誕生(たんじょう)を待(ま)ち望(のぞ)む。 期待小孩的出生。

マ行	めぐむ	恵む	お金を恵む。 施予金錢。

ヤ行	日文發音	漢字表記	例句
	ゆがむ	歪む	ネクタイが歪む。 領帶歪了。
	ゆるむ	緩む	スピードが緩む。 速度減緩。

ワ行	日文發音	漢字表記	例句
	わりこむ	割り込む	列に割り込む。 插隊。

7.「～る」 MP3-13

ア行	日文發音	漢字表記	例句
	あやつる	操る	彼女は日本語を自由に操る。 她說著一口流利的日語。
	あやまる	謝る	謝っても間に合わない。 即使道歉也來不及了。
	あらたまる	改まる	ルールが改まった。 規矩改了。
	いじる	弄る	指先で髪を弄る。 用指尖撥弄頭髮。
	いたわる	労る	選手を労る。 體恤選手。

行	日文發音	漢字表記	例句
ア行	うかる	受かる	大学(だいがく)に受(う)かる。 考上大學。
	うまる	埋まる	空席(くうせき)が埋(う)まった。 空位都滿了。
	うわまわる	上回る	点数(てんすう)は前(まえ)のものを上回(うわまわ)る。 分數比上次的還高。
	うわる	植わる	庭(にわ)に花(はな)が植(う)わっている。 院子裡種著花。
	おごる	奢る	奢(おご)った生活(せいかつ)をする。 過奢侈的生活。
	おさまる	収まる	香水(こうすい)がバッグの中(なか)に収(おさ)まった。 香水收進了包包裡。
	おそれいる	恐れ入る	ご心配(しんぱい)をおかけして恐(おそ)れ入(い)ります。 很抱歉讓您擔心了。
	おとる	劣る	体力(たいりょく)が劣(おと)る。 體力變差。
	おる	織る	布(ぬの)を織(お)る。 織布。

行	日文發音	漢字表記	例句
カ行	かする	掠る	風(かぜ)が頬(ほお)を掠(かす)る。 風吹拂臉頰。
	きかざる	着飾る	着飾(きかざ)ってパーティーに行(い)く。 盛裝赴宴。
	きたる	来る	幸福来(こうふくきた)る。 幸福來臨。

行	日文發音	漢字表記	例句
カ行	くぐる	潜る	草むらを潜る。 鑽過草叢。
	こする	擦る	目を擦る。 揉眼睛。
	こだわる	拘る	細かいことに拘る。 拘泥於小事。
	こもる	—	部屋にこもって小説を書く。 窩在房裡寫小說。
	こる	凝る	水泳に凝る。 熱衷游泳。

行	日文發音	漢字表記	例句
サ行	さえぎる	遮る	カーテンで日差しを遮る。 用窗簾遮住陽光。
	さえずる	囀る	小鳥が囀る。 小鳥叫。
	さしかかる	差し掛かる	もうすぐ雨季に差し掛かる。 雨季就要到來。
	さだまる	定まる	会社の方針が定まった。 公司的政策決定了。
	さとる	悟る	失敗を悟る。 領悟失敗。
	さぼる	—	授業をさぼる。 蹺課。
	さわる	障る	仕事に障る。 妨礙工作。

サ行	しきる	仕切る	部屋(へや)を2つに仕切(しき)る。 將房間分成二部分。
	しくじる	─	大事(だいじ)な仕事(しごと)をしくじった。 搞砸了重要的工作。
	する	擦る	寒(さむ)くて手(て)を擦(す)る。 冷得搓手。
	そなわる	備わる	この病院(びょういん)には最新(さいしん)の設備(せつび)が備(そな)わっている。 這個醫院裡具備最新的設備。
	そまる	染まる	布(ぬの)がきれいに染(そ)まる。 布染得很漂亮。
	そる	反る	雑誌(ざっし)の表紙(ひょうし)が反(そ)る。 雜誌封面翹起來。

	日文發音	漢字表記	例句
タ行	たずさわる	携わる	教育(きょういく)に携(たずさ)わる。 從事教育工作。
	たちさる	立ち去る	涙(なみだ)がこぼれて立(た)ち去(さ)る。 落淚離去。
	たちよる	立ち寄る	家(いえ)の帰(かえ)りに友達(ともだち)のところに立(た)ち寄(よ)る。 回家途中順道到朋友那裡去。
	たてまつる	奉る	供物(くもつ)を奉(たてまつ)る。 獻上祭品。
	たどる	辿る	山道(やまみち)を辿(たど)る。 走山路。

タ行	たまわる	賜る	ご教示(きょうじ)を賜(たまわ)る。 承蒙指教。
	ちぢまる	縮まる	距離(きょり)が縮(ちぢ)まる。 距離縮短。
	つっぱる	突っ張る	筋肉(きんにく)が突(つ)っ張(ぱ)る。 肌肉緊繃。
	つねる	抓る	手(て)を抓(つね)る。 捏手。
	つのる	募る	不安(ふあん)が募(つの)る。 愈來愈不安。
	つぶる	瞑る	目(め)を瞑(つぶ)る。 閉眼睛。
	つらなる	連なる	学生(がくせい)が3列(さんれつ)に連(つら)なる。 學生排成三排。
	とどこおる	滞る	仕事(しごと)が滞(とどこお)る。 工作延誤。
	とりしまる	取り締まる	非法(ひほう)を取(と)り締(し)まる。 取締非法。

ナ行	日文發音	漢字表記	例句
	にぶる	鈍る	動(うご)きが鈍(にぶ)る。 動作變遲鈍。
	ねだる	強請る	お菓子(かし)を強請(ねだ)る。 纏著要糖果。

ナ行	ねばる	粘る	この餅(もち)はよく粘(ねば)る。 這個麻糬很黏。
ナ行	ねる	練る	演技(えんぎ)を練(ね)る。 磨練演技。
ナ行	のっとる	乗っ取る	城(しろ)を乗(の)っ取(と)る。 攻取城堡。
ナ行	ののしる	罵る	上司(じょうし)が部下(ぶか)を罵(ののし)る。 上司大罵下屬。

	日文發音	漢字表記	例句
ハ行	はかどる	捗る	工事(こうじ)が捗(はかど)る。 工程進展順利。
ハ行	はかる	図る	自殺(じさつ)を図(はか)る。 企圖自殺。
ハ行	はかる	諮る	友達(ともだち)に諮(はか)って決(き)める。 跟朋友商量後再決定。
ハ行	はまる	嵌る	指輪(ゆびわ)が嵌(はま)らない。 戒指戴不下去。
ハ行	ひろまる	広まる	噂(うわさ)が広(ひろ)まる。 流言擴散。
ハ行	ふりかえる	振り返る	学生時代(がくせいじだい)を振(ふ)り返(かえ)る。 回顧學生時代。
ハ行	へだたる	隔たる	心(こころ)が隔(へだ)たる。 感情產生隔閡。

ハ行	へりくだる	謙る	謙（へりくだ）った態度（たいど）で接（せっ）する。 用謙虛的態度對待。
	ほうむる	葬る	真相（しんそう）を葬（ほうむ）る。 掩蓋真相。
	ほこる	誇る	才能（さいのう）を誇（ほこ）る。 誇耀才能。

	日文發音	漢字表記	例句
マ行	まさる	勝る	実力（じつりょく）は彼（かれ）の方（ほう）が勝（まさ）っている。 論實力，他勝過（我）。
	まじわる	交わる	友達（ともだち）と交（まじ）わる。 與朋友交往。
	またがる	跨る	馬（うま）に跨（またが）る。 騎馬。
	むしる	毟る	髪（かみ）の毛（け）を毟（むし）る。 揪頭髮。
	むらがる	群がる	市場（いちば）に人（ひと）が群（むら）がる。 市場裡擠滿人。
	めくる	捲る	本（ほん）のページを捲（めく）る。 翻書。
	もりあがる	盛り上がる	世論（よろん）が盛（も）り上（あ）がる。 輿論高漲。
	もる	漏る	雨（あめ）が漏（も）る。 漏雨。

	日文發音	漢字表記	例句
ヤ行	ゆさぶる	揺さぶる	人(ひと)の心(こころ)を揺(ゆ)さぶる。 撼動人心。

（二）II類動詞（一段動詞）

1.「～iる」 MP3-14

	日文發音	漢字表記	例句
ア行	あんじる	案じる	成功(せいこう)するかどうか案(あん)じる。 擔心成不成功。
	えんじる	演じる	主役(しゅやく)を演(えん)じる。 飾演主角。
	おいる	老いる	「老(お)いては子(こ)に従(したが)え」（ことわざ） 「年老隨子」（諺語）
	おびる	帯びる	使命(しめい)を帯(お)びる。 帶有使命。
	おもんじる	重んじる	礼儀(れいぎ)を重(おも)んじる。 重視禮節。

	日文發音	漢字表記	例句
カ行	かえりみる	省みる	結果(けっか)を省(かえり)みる。 反省結果。
	かえりみる	顧みる	人生(じんせい)を顧(かえり)みる。 回顧人生。

	日文發音	漢字表記	例句
カ行	きょうじる	興じる	カラオケに興じる。 對卡拉OK有興趣。
	きんじる	禁じる	販売を禁じる。 禁止販賣。
	くちる	朽ちる	落ち葉が朽ちる。 落葉腐爛。
	こころみる	試みる	いろいろな方法を試みる。 嘗試各種方法。
	こりる	懲りる	失敗して懲りる。 從失敗中汲取教訓。

	日文發音	漢字表記	例句
サ行	しいる	強いる	酒を強いる。 強迫喝酒。
	しなびる	萎びる	花が萎びた。 花枯萎了。
	しみる	染みる	雨が壁に染みる。 雨水滲到牆壁。
	じゅんじる	準じる	先例に準じて処置する。 依先例處置。

	日文發音	漢字表記	例句
タ行	つきる	尽きる	体力が尽きる。 體力耗盡。
	てんじる	転じる	逆境を転じる。 扭轉逆境。

タ行	とじる	綴じる	原稿を綴じる。 裝訂原稿。

	日文發音	漢字表記	例句
ハ行	ひきいる	率いる	学生を率いて、調査を行う。 率領學生進行調查。
	ほうじる	報じる	恩に報じる。 報恩。
	ほころびる	綻びる	桜の花が綻びる。 櫻花綻放。
	ほろびる	滅びる	国が滅びる。 國家滅亡。

2.「～eる」

2.1「～える」 MP3-15

	日文發音	漢字表記	例句
ア行	あたえる	与える	子供におもちゃを与える。 給小孩玩具。
	あつらえる	誂える	洋服を誂える。 訂做西服。
	あまえる	甘える	お母さんに甘える。 向母親撒嬌。
	おとろえる	衰える	記憶力が衰える。 記憶力衰退。

カ行	日文發音	漢字表記	例句
	かまえる	構える	家（いえ）を構（かま）える。 蓋房子。
	きたえる	鍛える	体（からだ）を鍛（きた）える。 鍛鍊體力。
	きりかえる	切り替える	考（かんが）え方（かた）を切（き）り替（か）える。 換個角度想。

サ行	日文發音	漢字表記	例句
	さえる	冴える	頭（あたま）が冴（さ）える。 頭腦清晰。
	さかえる	栄える	この町（まち）は以前（いぜん）より栄（さか）える。 這個鎮上比以前繁榮。
	さしつかえる	差し支える	仕事（しごと）に差（さ）し支（つか）える。 影響工作。
	すえる	据える	事務室（じむしつ）に大型（おおがた）コンピューターを据（す）える。 把大型電腦架設在辦公室裡。
	そえる	添える	贈（おく）り物（もの）に手紙（てがみ）を添（そ）える。 禮物中附上信。
	そびえる	聳える	富士山（ふじさん）が目（め）の前（まえ）に聳（そび）えている。 富士山聳立在眼前。

タ行	日文發音	漢字表記	例句
	たえる	耐える	このコップは高温（こうおん）に耐（た）える。 這個杯子耐高溫。

行	日文發音	漢字表記	例句
タ行	たえる	絶える	水が絶える。 停水。
	とだえる	途絶える	台風のために、交通が途絶えた。 由於颱風，交通中斷了。
	ととのえる	整える	ベッドを整える。 整理床鋪。
	となえる	唱える	平和を唱える。 提倡和平。

行	日文發音	漢字表記	例句
ハ行	はえる	生える	歯が生える。 長牙。
	ひかえる	控える	タバコを控える。 少抽菸。
	ふまえる	踏まえる	現実を踏まえて方針を立てる。 基於現實訂立方針。

行	日文發音	漢字表記	例句
マ行	まじえる	交える	日本語を交えながら話す。 夾雜著日文說話。

2.2「～ける」 MP3-16

行	日文發音	漢字表記	例句
ア行	うちあける	打ち明ける	秘密を打ち明ける。 把祕密全都說出。

	日文發音	漢字表記	例句
カ行	かかげる	掲げる	看板(かんばん)を掲(かか)げる。 懸掛看板。
	かける	駆ける	馬(うま)で草原(そうげん)を駆(か)ける。 騎馬奔馳在草原上。
	かける	賭ける	命(いのち)を賭(か)ける。 賭上性命。
	かたむける	傾ける	耳(みみ)を傾(かたむ)ける。 傾聽。
	こころがける	心掛ける	健康(けんこう)に心掛(こころが)ける。 留意健康。

	日文發音	漢字表記	例句
サ行	さける	裂ける	木(き)の幹(みき)が裂(さ)けた。 樹幹裂開了。
	ささげる	捧げる	花(はな)を捧(ささ)げる。 獻花。
	さずける	授ける	学位(がくい)を授(さず)ける。 授與學位。
	しあげる	仕上げる	仕事(しごと)を仕上(しあ)げた。 完成工作了。
	しかける	仕掛ける	宿題(しゅくだい)を仕掛(しか)けたら、友達(ともだち)が来(き)た。 才剛開始寫功課，朋友就來了。
	しつける	仕付ける	子供(こども)を仕付(しつ)ける。 教養小孩。

タ行	日文發音	漢字表記	例句
	つげる	告げる	別（わか）れを告（つ）げる。 告別。
	てがける	手掛ける	長年（ながねん）手掛（てが）けてきた仕事（しごと）が完成（かんせい）した。 多年來親手做的工作完成了。
	とける	解ける	謎（なぞ）が解（と）けた。 謎題解開了。
	とげる	遂げる	目的（もくてき）を遂（と）げる。 達到目的。
	とぼける	惚ける	惚（とぼ）けないでよ！ 別裝傻呀！
	とろける	蕩ける	アイスが蕩（とろ）けた。 冰塊融化了。

ハ行	日文發音	漢字表記	例句
	はげる	剥げる	汗（あせ）で化粧（けしょう）が剥（は）げた。 因汗水而脫妝。
	ばける	化ける	彼（かれ）は女性（じょせい）に化（ば）けた。 他喬裝成女性。
	ふける	老ける	運動（うんどう）しないと早（はや）く老（ふ）ける。 不運動會老得快。
	ぼける	暈ける	写真（しゃしん）の色（いろ）が暈（ぼ）けた。 照片的顏色褪去了。

	日文發音	漢字表記	例句
マ行	もうける	設ける	事務所を設ける。 設置事務所。

	日文發音	漢字表記	例句
ヤ行	よける	除ける	車を除ける。 閃避車子。

2.3「～せる」 MP3-17

	日文發音	漢字表記	例句
ア行	あせる	焦る	成功を焦る。 急於成功。
ア行	おくらせる	遅らせる	テストを2時間遅らせる。 將考試延後二小時。

	日文發音	漢字表記	例句
タ行	といあわせる	問い合わせる	市場の相場を問い合わせる。 打聽市場行情。

	日文發音	漢字表記	例句
ナ行	ねかせる	寝かせる	ワインを寝かせる。 讓葡萄酒熟成。

	日文發音	漢字表記	例句
ハ行	ふるわせる	震わせる	怒(いか)りに声(こえ)を震(ふる)わせる。 氣到聲音發抖。

	日文發音	漢字表記	例句
マ行	みあわせる	見合わせる	彼(かれ)らは顔(かお)を見(み)合(あ)わせて笑(わら)う。 他們相視而笑。

2.4「～てる」 MP3-18

	日文發音	漢字表記	例句
ア行	あてる	宛てる	父(ちち)に宛(あ)てて手紙(てがみ)を書(か)く。 寫信給父親。
	おだてる	煽てる	客(きゃく)を煽(おだ)てる。 奉承客人。

	日文發音	漢字表記	例句
ハ行	はてる	果てる	いつ果(は)てるともなく続(つづ)く会議(かいぎ)。 永遠結束不了的會議。
	ばてる	－	徹夜(てつや)してすっかりばてた。 徹夜未眠累垮了。
	へだてる	隔てる	親子(おやこ)は１０年(じゅうねん)の歳月(さいげつ)を隔(へだ)てて、再会(さいかい)する。 父子相隔十年重逢。

	日文發音	漢字表記	例句
マ行	もてる	持てる	彼女（かのじょ）は友達（ともだち）に持（も）てる。 她在朋友間很受歡迎。

2.5「～ねる」 MP3-19

	日文發音	漢字表記	例句
タ行	たばねる	束ねる	シュシュで髪（かみ）を束（たば）ねる。 用髮圈綁頭髮。

2.6「～へる」 MP3-20

	日文發音	漢字表記	例句
ハ行	へる	経る	3年（さんねん）を経（へ）た。 過了三年。

2.7「～める」 MP3-21

	日文發音	漢字表記	例句
ア行	いためる	炒める	野菜（やさい）を炒（いた）める。 炒青菜。
	うめる	埋める	ごみを地中（ちちゅう）に埋（う）める。 把垃圾埋在地底下。
	おさめる	納める	管理費（かんりひ）を納（おさ）める。 繳交管理費。
	おさめる	治める	心（こころ）を治（おさ）める。 定下心來。

カ行	日文發音	漢字表記	例句
	かためる	固める	決意（けつい）を固（かた）める。 加強決心。
	こめる	込める	感情（かんじょう）を込（こ）めて曲（きょく）を作（つく）る。 注入感情來作曲。

サ行	日文發音	漢字表記	例句
	さだめる	定める	心（こころ）を定（さだ）める。 打定主意。
	しずめる	沈める	体（からだ）を沈（しず）める。 低身。

タ行	日文發音	漢字表記	例句
	ちぢめる	縮める	日程（にってい）を縮（ちぢ）める。 縮短行程。
	とがめる	咎める	良心（りょうしん）が咎（とが）める。 良心受到譴責。
	とどめる	止める	血（ち）を止（とど）める。 止血。
	とめる	止める	車（くるま）を止（と）める。 停車。

ハ行	日文發音	漢字表記	例句
	ふかめる	深める	考（かんが）えを深（ふか）める。 深思。

マ行	日文發音	漢字表記	例句
	まるめる	丸める	体(からだ)を丸(まる)める。 蜷曲著身子。
	みとめる	認める	息子(むすこ)の留学(りゅうがく)を認(みと)めた。 允許兒子去留學。
	めざめる	目覚める	朝(あさ)6時(ろくじ)に目覚(めざ)めた。 早上六點醒了。
	もめる	揉める	さっきの会議(かいぎ)は揉(も)めた。 剛剛的會議起了爭執。

ヤ行	日文發音	漢字表記	例句
	やめる	辞める	仕事(しごと)を辞(や)める。 辭職。
	ゆるめる	緩める	ネクタイを緩(ゆる)める。 放鬆領帶。

2.8「～れる」 MP3-22

ア行	日文發音	漢字表記	例句
	あきれる	飽きれる	今時(いまどき)の若者(わかもの)には飽(あ)きれる。 受夠了時下的年輕人。
	ありふれる	有触れる	有触(ありふ)れたゲームで面白(おもしろ)くもない。 常見的遊戲沒什麼有趣的。
	おとずれる	訪れる	友達(ともだち)を訪(おとず)れる。 拜訪朋友。

	日文發音	漢字表記	例句
カ行	くずれる	崩れる	山(やま)が崩(くず)れる。 山崩。
	こじれる	拗れる	事(こと)が拗(こじ)れてきた。 事情複雜起來。

	日文發音	漢字表記	例句
サ行	しいれる	仕入れる	材料(ざいりょう)を仕入(しい)れる。 採購材料。
	すたれる	廃れる	そんなヘアスタイルはもう廃(すた)れた。 那種髮型已經過時了。

	日文發音	漢字表記	例句
サ行	たれる	垂れる	汗(あせ)が頬(ほお)を伝(つた)って垂(た)れる。 汗水沿著臉頰滴下。
	とぎれる	途切れる	携帯電話(けいたいでんわ)は電波(でんぱ)のせいで途切(とぎ)れた。 手機因為收訊不好而斷訊了。

	日文發音	漢字表記	例句
ナ行	ねじれる	捩れる	心(こころ)が捩(ねじ)れる。 性格乖僻。
	のがれる	逃れる	都会(とかい)を逃(のが)れて田舎(いなか)に住(す)む。 逃離城市住到鄉下。

ハ行	日文發音	漢字表記	例句
	はれる	腫れる	瞼(まぶた)が腫(は)れる。 眼皮腫。
	ふくれる	膨れる	腹(はら)が膨(ふく)れる。 肚子脹大。

マ行	日文發音	漢字表記	例句
	まぎれる	紛れる	闇(やみ)に紛(まぎ)れて逃(に)げた。 趁黑暗逃跑。
	まぬがれる	免れる	戦火(せんか)を免(まぬが)れる。 免於戰火。
	みだれる	乱れる	前髪(まえがみ)が乱(みだ)れる。 瀏海變亂。

三　イ形容詞 MP3-23

「イ形容詞」與「訓讀名詞」、「和語動詞」一樣，發音和漢字的字音無關，所以對華人地區的考生來說，是相當頭疼的部分。本單元同樣以音節數、五十音順序，整理了N1範圍內的「イ形容詞」。只要瞭解字義並跟著MP3複誦，一定可以在極短的時間內全部記住。

（一）三音節イ形容詞

日文發音	漢字表記	中文翻譯	日文發音	漢字表記	中文翻譯
あわい	淡い	淡的	しぶい	渋い	澀的
だるい	－	懶倦的	もろい	脆い	脆弱的

（二）四音節イ形容詞

日文發音	漢字表記	中文翻譯	日文發音	漢字表記	中文翻譯
あくどい	－	惡毒的	いやしい	卑しい	卑鄙的
けむたい	煙たい	嗆人的	しぶとい	－	倔強的
すばやい	素早い	敏捷的	せつない	切ない	難過的
たやすい	容易い	容易的	とうとい	貴い	高貴的
とうとい	尊い	尊貴的	とぼしい	乏しい	貧乏的
なだかい	名高い	著名的	ねむたい	眠たい	發睏的
はかない	－	渺茫的	ひさしい	久しい	好久的
ひらたい	平たい	平坦的	むなしい	空しい	空虛、虛假的

（三）五音節イ形容詞

日文發音	漢字表記	中文翻譯
あさましい	浅ましい	卑鄙的
あっけない	–	不盡興的
あらっぽい	荒っぽい	粗野的
いやらしい	嫌らしい	下流、令人不快的
おっかない	–	可怕的
かなわない	叶わない	受不了的
こころよい	快い	愉快的
このましい	好ましい	令人喜歡的
すばしこい	–	行動敏捷的
そっけない	–	冷淡的
たくましい	逞しい	健壯的
だらしない	–	邋遢、沒出息的
なさけない	情けない	可憐、無情的
なにげない	何気ない	若無其事的
なまぐさい	生臭い	腥的
なまぬるい	生ぬるい	微溫、不徹底的
なやましい	悩ましい	難受、誘惑人的
のぞましい	望ましい	所希望的
ふさわしい	相応しい	適合的
みぐるしい	見苦しい	骯髒、丟臉的
めざましい	目覚しい	驚人的
よくぶかい	欲深い	貪得無饜的
ややこしい	–	複雜的

（四）六音節イ形容詞

日文發音	漢字表記	中文翻譯
いちじるしい	著しい	顯著的
うっとうしい	鬱陶しい	鬱悶的
おびただしい	夥しい	很多的
きまりわるい	決まり悪い	不好意思、尷尬的
くすぐったい	ー	難為情、癢癢的
けがらわしい	汚らわしい	骯髒的
こころづよい	心強い	有信心的
こころぼそい	心細い	不安、擔心的
すがすがしい	清々しい	清爽的
なれなれしい	馴れ馴れしい	親暱的
ばかばかしい	馬鹿馬鹿しい	很愚笨的
はなばなしい	華々しい	華麗的
まぎらわしい	紛らわしい	含糊不清的
まちどおしい	待ち遠しい	盼望已久的
みすぼらしい	ー	寒酸的
みっともない	ー	丟人的
ものたりない	物足りない	不夠的
わかわかしい	若々しい	朝氣蓬勃的
わずらわしい	煩わしい	煩躁的

四　ナ形容詞

N1的重點在漢語，而ナ形容詞使用漢語的頻率僅次於名詞。因此準備考試時，決不可輕忽ナ形容詞的準備。建議考生將「訓讀ナ形容詞」的準備重點放在字義上，「音讀ナ形容詞」的重點則放在漢字發音。如此一來，無論出題形式為何，都可輕鬆掌握。

（一）訓讀ナ形容詞 MP3-24

1. 雙音節ナ形容詞（訓讀）

日文發音	漢字表記	中文翻譯
いき	粋	瀟灑、漂亮

2. 三音節ナ形容詞（訓讀）

日文發音	漢字表記	中文翻譯	日文發音	漢字表記	中文翻譯
おろか	愚か	愚笨	かすか	微か	微弱
きがる	気軽	輕鬆	さかん	盛ん	繁榮
たくみ	巧み	巧妙	つぶら	円ら	圓圓
てがる	手軽	簡便	のどか	長閑	悠閒
はるか	遥か	遙遠	はんぱ	半端	不完全
ひそか	密か	暗中	みぢか	身近	親近、身邊
むくち	無口	寡言			

3. 四音節ナ形容詞（訓讀）

日文發音	漢字表記	中文翻譯	日文發音	漢字表記	中文翻譯
あざやか	鮮やか	鮮豔	あやふや	ー	曖昧、含糊
おおげさ	大袈裟	誇大	おおはば	大幅	大幅度
おおまか	大まか	不拘小節	おごそか	厳か	嚴肅
おだやか	穏やか	穩健	おろそか	疎か	馬虎、粗心大意
きまじめ	生真面目	一本正經、死心眼	きよらか	清らか	清澈
こまやか	細やか	細小	しとやか	淑やか	文雅
しなやか	ー	柔軟	すこやか	健やか	健康
すみやか	速やか	迅速	つきなみ	月並み	陳腐、平凡
なごやか	和やか	和睦	なめらか	滑らか	光滑
はなやか	華やか	美麗	ものずき	物好き	好奇、古怪
ゆるやか	緩やか	緩慢			

4. 五音節ナ形容詞（訓讀）

日文發音	漢字表記	中文翻譯
きちょうめん	几帳面	一絲不苟
きらびやか	煌びやか	燦爛

（二）音讀ナ形容詞 MP3-25

1. 雙音節ナ形容詞（音讀）

日文發音	漢字表記	中文翻譯	日文發音	漢字表記	中文翻譯
じみ	地味	樸素	むい	無為	任其自然
むだ	無駄	白費			

2. 三音節ナ形容詞（音讀）

日文發音	漢字表記	中文翻譯	日文發音	漢字表記	中文翻譯
あんい	安易	簡單	おんわ	温和	溫和
かくほ	確保	確保	かんい	簡易	簡易
かんそ	簡素	簡單樸素	こどく	孤独	孤獨
じざい	自在	自由自在	しっそ	質素	樸素
そぼく	素朴	樸素	どくじ	独自	獨自、獨特
ひさん	悲惨	悲慘	ふきつ	不吉	不吉利
ふしん	不審	懷疑	ふとう	不当	不當
ふめい	不明	不明	むえき	無益	無益
むこう	無効	無效	ゆうり	有利	有利
ようい	容易	容易			

3. 四音節ナ形容詞（音讀）

日文發音	漢字表記	中文翻譯	日文發音	漢字表記	中文翻譯
あんせい	安静	安靜	あんぜん	安全	安全
えんまん	円満	圓滿	かくじつ	確実	確實
きんべん	勤勉	勤勉	けんぜん	健全	健全

こっけい	滑稽	滑稽	じゅうなん	柔軟	柔軟
じゅんすい	純粋	純粹	じんそく	迅速	迅速
ざんこく	残酷	殘酷	せいかく	正確	正確
せいじつ	誠実	誠實	ちゅうじつ	忠実	忠實
てきかく	的確	恰當	とくゆう	特有	特有
びんかん	敏感	敏感	ひんぱん	頻繁	頻繁
めいかい	明快	清楚	めいかく	明確	明確
めいはく	明白	明顯	めいろう	明朗	明朗
ゆううつ	憂鬱	憂鬱	ゆうえき	有益	有益
ゆうこう	有効	有效	ゆうぼう	有望	有希望
ようじん	用心	注意	れいこく	冷酷	冷酷
れいせい	冷静	冷靜	れいたん	冷淡	冷淡

4. 五音節ナ形容詞（音讀）

日文發音	漢字表記	中文翻譯
いりょくてき	意力的	意志力的
かっきてき	画期的	劃時代的
しゅうきてき	周期的	週期性的
ていきてき	定期的	定期的
ひこうかい	非公開	非公開
ふびょうどう	不平等	不平等
まっきてき	末期的	末期的
みかいはつ	未開発	未開發
むけいかく	無計画	無計劃

5. 六音節ナ形容詞（音讀）

日文發音	漢字表記	中文翻譯
かんせつてき	間接的	間接的
けんりょくてき	権力的	權力的
せいりょくてき	精力的	精力充沛的
でんとうてき	伝統的	傳統的
のうりょくてき	能力的	能力的
へいきんてき	平均的	平均的
らっかんてき	楽観的	樂觀的

五　副詞 MP3-26

N1範圍內的副詞非常多，而且出題數不少，建議考生一定要多花一些時間來準備副詞。本章根據過去的出題模式，整理了出題頻率最高、且容易混淆的副詞，讓讀者能在最短的時間內，進行最精華的複習。

（一）「～て」型

日文	中譯	日文	中譯
あえて	特意、不見得	いたって	非常地
かつて	曾經	かねて	事先、老早
かろうじて	好不容易、勉勉強強	しいて	強迫
つとめて	盡力	まして	何況、況且
もしかして	該不會		

（二）「～っと」型

日文	中譯	日文	中譯
きちっと	好好地	ぐっと	用力地
さっと	迅速地	ずらっと	一整排
ちらっと	一晃、稍微	ひょっと	突然、或許
ほっと	鬆了一口氣		

（三）「～に」型

日文	中譯	日文	中譯
いかに	如何、怎樣	いっこうに	簡直、完全
いっしんに	專心	いやに	過於、非常
ことに	尤其、特別	とっさに	一瞬間
まことに	的確、實在	むやみに	胡亂、過分
もろに	徹底、全面	やけに	過於、非常

（四）「～り」型

日文	中譯	日文	中譯
あっさり	清淡、爽快	うっかり	不留神
うんざり	厭煩、膩	がっくり	沮喪
がっしり	健壯、結實	がっちり	穩固、固執
きっかり	明顯、分明	きっちり	恰好
きっぱり	乾脆	くっきり	清清楚楚、顯眼
ぐっすり	熟睡	ぐったり	精疲力竭
げっそり	消瘦、厭膩	こっそり	悄悄地
しっかり	穩固、好好地	じっくり	沉著、慢慢地
すっかり	完全、全部	すっきり	舒暢、暢快
ずばり	喀嚓一聲、開門見山	すんなり	苗條、輕易地
たっぷり	分量足夠	てっきり	一定、準是
びっしょり	溼透	まるっきり	完全（不）

（五）「ABAB」型

日文	中譯	日文	中譯
いやいや	不情願	おどおど	戰戰兢兢
ずるずる	拖拖拉拉、滑溜	ちやほや	奉承、溺愛
つくづく	細心、深切地	はらはら	很擔心、落下
ひらひら	隨風飄動	ぶかぶか	（衣服等）太寬大
ふらふら	頭昏、猶豫	ぶらぶら	閒晃、溜達
ぺこぺこ	餓扁了、屈膝奉承	ぼつぼつ	一點一點、漸漸地
まちまち	各式各樣、形形色色	むちゃくちゃ	亂七八糟

（六）其他

1. 雙音節副詞

日文	中譯	日文	中譯
いざ	一旦	さぞ	想必
さも	實在的樣子、的確		

2. 三音節副詞

日文	中譯	日文	中譯
いっそ	倒不如、寧可	いまだ	迄今
てんで	根本（不）	とかく	這個那個、常常、總之
なんと	多麼地	むろん	當然、不用說
もはや	已經		

3. 四音節副詞

日文	中譯	日文	中譯
あいにく	不巧	いかにも	實在、非常
いったい	究竟、到底	いまさら	事到如今
しょっちゅう	經常	どうにか	好歹、設法
どうやら	好不容易、總覺得	とりわけ	格外地
なおさら	更	なにとぞ	請
なにより	最好	なるたけ	盡量
なんだか	總覺得	はなはだ	非常、很
ひたすら	一味地	まさしく	的確、誠然
もっぱら	專心、全都		

4. 五音節副詞

日文	中譯	日文	中譯
あらかじめ	事先	あんのじょう	果然、不出所料
うまれつき	生來、天生	ことごとく	一切、所有
とりあえず	首先		

5. 六音節副詞

日文	中譯	日文	中譯
かわるがわる	輪流、依序	ことによると	也許、說不定

六　外來語 MP3-27

「言語知識」一科的「文字・語彙」考題中，外來語最多出現2～3題。有些讀者也許覺得，既然只有幾題而已，就不認真準備。但是，N1考試裡，最容易拿分的就是外來語，如果連外來語都記不起來，其他單字怎麼可能會呢？且外來語多與常用的英文單字有關，只要跟著光碟多朗誦幾次，一定沒問題！此外，讀解單元中，常常會出現外來語的關鍵字，如果該外來語不懂，整篇文章可是會完全看不懂喔！

（一）雙音節外來語

日文	中譯
ファン	（運動、電影等）迷、愛好者、風扇

（二）三音節外來語

日文	中譯	日文	中譯
アップ	上升	カット	剪裁
カルテ	病歷表	キャッチ	抓
ケース	例子、案子	ゲスト	來賓
サイズ	尺寸	シート	座位
ジャンル	種類、類別	ショック	驚嚇
センス	（應具備的）常識、判斷力	ソース	醬汁、調味料
ソフト	軟體	ダウン	下降
ダブル	雙倍	データ	數據

ドリル	鑽頭、練習評量	パート	部分、角色、打零工的人
ヒント	提示	ファイト	戰鬥、加油
ファイル	檔案	ブーム	風潮
ペース	步調	ベスト	背心、最好的
ポット	水壺	マーク	記號
ムード	心情、氣氛	メディア	媒體
ライス	飯	ラベル	標籤
リード	領導、領先	ルール	規則
レース	蕾絲、競賽	レベル	水準
ワット	瓦特		

（三）四音節外來語

日文	中譯	日文	中譯
インフレ	通貨膨漲	オーバー	超過、過度
オープン	開幕	コーナー	角落
コメント	評論、意見	コンパス	圓規、羅盤
サイクル	周期	システム	系統
スタイル	型式、身材	スタミナ	耐力、精力
ストップ	停止	ストレス	壓力
スペース	空間	スマート	苗條
ソックス	短襪	タイトル	標題
タレント	藝人	チェンジ	改變
デザート	甜點	デザイン	設計

デッサン	素描	トラブル	麻煩
ニュアンス	語感	ウイルス	病毒
ビジネス	商業	フロント	櫃台
ベテラン	老手	ポイント	重點
ポジション	位置、職位	マスコミ	大眾傳播
メーカー	製造商	メロディー	旋律
ユーモア	幽默	ユニーク	獨特的
レギュラー	正規的	レッスン	課程

（四）五音節外來語

日文	中譯	日文	中譯
アンケート	問卷	エレガント	優美、精緻
カーペット	地毯	コマーシャル	廣告
コンタクト	接觸、隱型眼鏡	コンテスト	競賽、比賽
スラックス	女西服褲	タイミング	時機
テレックス	電報	ナンセンス	無聊、荒謬
ボイコット	聯合抵制	メッセージ	訊息

（五）六音節外來語

日文	中譯	日文	中譯
コントロール	控制	コントラスト	對比
トレーニング	訓練、鍛鍊		

（六）七音節外來語

日文	中譯
インフォメーション	資訊
オートマチック	自動的
オートメーション	自動化
コミュニケーション	溝通
レクリエーション	娛樂、消遣

七　音讀漢語

音讀的漢語，是華人地區的考生較佔優勢的部分。不過還是要小心分辨清濁音、長短音、促音的有無、長音的有無。此外，某些漢字的發音不只一種，例如「作者（さくしゃ）」、「作家（さっか）」、「作業（さぎょう）」三個詞中「作」的發音各不相同，也請多注意。準備時請跟著MP3複誦，請記住，只要可以唸得正確，考試時就一定能選出正確答案。

ア行 MP3-28

あ	あつ	あつりょく 圧力（壓力）		
	あっ	あっぱく 圧迫（壓迫）		
	あん	あんがい 案外（意外）	あんき 暗記（默背）	あんざん 暗算（心算）
		あんてい 安定（安定）		

い	い	いいん 医院（診所）	いいん 委員（委員）	いがい 意外（意外）
		いぎ 意義（意義）	いぎ 異議（異議）	いけん 意見（意見）
		いこう 以降（以後）	いこう 意向（意向）	いし 意志（意志）
		いし 意思（意思）	いじ 意地（好勝）	いじ 維持（維持）
		いしょう 衣装（服裝）	いじょう 異常（異常）	いせい 異性（異性）
		いせき 遺跡（遺跡）	いぜん 以前（以前）	いぜん 依然（依然）
		いぞん 依存（依賴）	いだい 偉大（偉大）	いたく 委託（委託）
		いちょう 胃腸（胃腸）	いてん 移転（遷移）	いと 意図（意圖）
		いど 緯度（緯度）	いどう 異動（異動）	いらい 以来（以來）

い

い	いらい 依頼（委託）	いりょう 衣料（布料）	いりょう 医療（醫療）
	いりょく 威力（威力）	いろん 異論（不同意見）	
いっ	いっち 一致（一致）	いっぱん 一般（一般）	

う

うん	うんえい 運営（營運）	うんてん 運転（駕駛）	うんゆ 運輸（運輸）
	うんよう 運用（運用）		

え

えい	えいゆう 英雄（英雄）	えいきゅう 永久（永久）	
えき	えきたい 液体（液體）		
えん	えんかつ 円滑（圓滑）	えんがん 沿岸（沿岸）	えんき 延期（延期）
	えんぎ 演技（表演）	えんげき 演劇（戲劇）	えんしゅつ 演出（演出）
	えんじょ 援助（援助）	えんぜつ 演説（演說）	えんそう 演奏（演奏）
	えんちょう 延長（延長）	えんまん 円満（圓滿）	

お

お	おせん 汚染（污染）		
おう	おうえん 応援（支援、助威）	おうきゅう 応急（應急）	おうしゅう 欧州（歐洲）
	おうだん 横断（穿越）	おうとう 応答（應答）	おうふく 往復（往返）
	おうべい 欧米（歐美）	おうぼ 応募（應徵）	おうよう 応用（應用）
おん	おんけい 恩恵（恩惠）	おんせん 温泉（溫泉）	

カ行 MP3-29

か

か	かかく 価格（價格）	かくう 架空（虛構）	かげん 加減（調整、程度）
	かこ 過去（過去）	かこう 火口（火山口）	かこう 下降（下降）
	かこう 加工（加工）	かごう 化合（化合）	かさい 火災（火災）
	かしつ 過失（過失）	かしょ 箇所（地方、處）	かじょう 過剰（過剩）
	かせき 化石（化石）	かせつ 仮説（假說）	かせん 下線（底線）
	かせん 化繊（化纖）	かせん 河川（河川）	かそ 過疎（過於稀疏）
	かた 過多（過多）	かだい 課題（課題）	かだん 花壇（花圃）
	かち 価値（價值）	かてい 仮定（假定）	かてい 家庭（家庭）
	かてい 過程（過程）	かてい 課程（課程）	かねつ 加熱（加熱）
	かへい 貨幣（貨幣）	かみつ 過密（過於密集）	かもつ 貨物（貨物）
	かろう 過労（過勞）		
かい	かいあく 改悪（變糟）	かいが 絵画（繪畫）	かいかく 改革（改革）
	かいきゅう 階級（階級）	かいけつ 解決（解決）	かいけん 会見（會面）
	かいご 介護（照顧）	かいさい 開催（舉行）	かいさつ 改札（剪票）
	かいしゃく 解釈（解釋）	かいしゅう 回収（回收）	かいしゅう 改修（改建）
	かいじょ 解除（解除）	かいせい 改正（修改）	かいせい 快晴（晴朗無雲）
	かいせつ 解説（解說）	かいそう 回送（送回）	かいそう 回想（回想）
	かいそう 階層（階層）	かいたく 開拓（開拓）	かいだん 会談（會談）
	かいだん 階段（樓梯）	かいてい 改定（重新規定）	かいてき 快適（舒適）
	かいにゅう 介入（介入）	かいはつ 開発（開發）	かいふく 回復（恢復）

か			
かい	かいほう 介抱（照護）	かいほう 開放（開放）	
	かいほう 解放（解放）	かいぼう 解剖（解剖）	
	かいりょう 改良（改良）	かいろ 回路（電路、迴路）	
がい	がいとう 該当（相當、符合）	がいとう 街頭（街頭）	
かく	かくご 覚悟（心理準備）	かくさ 格差（差距）	かくさん 拡散（擴散）
	かくじ 各自（各自）	かくしゅ 各種（各種）	かくじゅう 拡充（擴充）
	かくしん 革新（革新）	かくしん 確信（確信）	かくだい 拡大（擴大）
	かくち 各地（各地）	かくちょう 拡張（擴張）	かくてい 確定（確定）
	かくど 角度（角度）	かくとく 獲得（獲得）	かくにん 確認（確認）
	かくべつ 格別（格外）	かくほ 確保（確保）	かくめい 革命（革命）
	かくりつ 確立（確立）	かくりつ 確率（機率）	
がっ	がっき 楽器（樂器）	がっぺい 合併（合併）	
かん	かんかく 間隔（間隔）	かんかく 感覚（感覺）	
	かんこう 刊行（出版、發行）	かんこう 慣行（慣例）	かんこう 観光（觀光）
	かんご 看護（看護）	かんご 漢語（漢語）	かんさつ 観察（觀察）
	かんし 監視（監視）	かんしゅう 慣習（習慣）	かんしゅう 観衆（觀眾）
	かんしょう 干渉（干涉）	かんしょう 鑑賞（觀賞）	かんじょう 勘定（結帳）
	かんじょう 感情（感情）	かんせい 完成（完成）	かんせい 歓声（歡呼聲）
	かんせん 感染（感染）	かんせん 幹線（幹道）	かんそ 簡素（簡單樸素）
	かんそう 感想（感想）	かんそう 乾燥（乾燥）	かんてん 観点（觀點）

か

かん

監督（かんとく）（導演、總教練）	幹部（かんぶ）（幹部）	勧誘（かんゆう）（邀約）
肝要（かんよう）（關鍵）	寛容（かんよう）（寬容）	慣用（かんよう）（常用）
完了（かんりょう）（完成）	官僚（かんりょう）（官員）	

き

き

記憶（きおく）（記憶）	機会（きかい）（機會）	危害（きがい）（危害）
企画（きかく）（企劃）	規格（きかく）（規格）	器官（きかん）（器官）
季刊（きかん）（季刊）	期間（きかん）（期間）	機関（きかん）（機關）
祈願（きがん）（祈禱）	危機（きき）（危機）	企業（きぎょう）（企業）
基金（ききん）（基金）	飢饉（ききん）（飢荒）	器具（きぐ）（儀器）
喜劇（きげき）（喜劇）	危険（きけん）（危險）	棄権（きけん）（棄權）
起源（きげん）（起源）	期限（きげん）（期限）	機嫌（きげん）（情緒）
気候（きこう）（氣候）	機構（きこう）（機構）	既婚（きこん）（已婚）
記載（きさい）（記載）	記事（きじ）（報導）	記述（きじゅつ）（記述）
基準（きじゅん）（基準）	起床（きしょう）（起床）	気象（きしょう）（氣象）
規制（きせい）（限制、管制）	帰省（きせい）（返鄉）	季節（きせつ）（季節）
基礎（きそ）（基礎）	寄贈（きぞう）（捐贈）	期待（きたい）（期待）
規定（きてい）（規定）	基地（きち）（基地）	貴重（きちょう）（寶貴）
軌道（きどう）（軌道）	記入（きにゅう）（填寫）	規範（きはん）（規範）
基盤（きばん）（基礎）	寄付（きふ）（捐獻）	起伏（きふく）（起伏）
規模（きぼ）（規模）	基本（きほん）（基本）	規約（きやく）（規章）
器用（きよう）（靈巧、機伶）	規律（きりつ）（規律）	記録（きろく）（紀錄）

き

きゅう	救援（きゅうえん）（救援）	休暇（きゅうか）（休假）	休業（きゅうぎょう）（歇業）
	究極（きゅうきょく）（最終）	窮屈（きゅうくつ）（窄小、拘束）	休憩（きゅうけい）（休息）
	救済（きゅうさい）（救濟）	休日（きゅうじつ）（假日）	吸収（きゅうしゅう）（吸收）
	救助（きゅうじょ）（救助）	休息（きゅうそく）（休息）	急速（きゅうそく）（急速）
	窮乏（きゅうぼう）（貧困）	休養（きゅうよう）（休養）	丘陵（きゅうりょう）（丘陵）
	給料（きゅうりょう）（薪水）		
きょ	許可（きょか）（許可）	許容（きょよう）（容許）	
きょう	驚異（きょうい）（驚異）	強化（きょうか）（強化）	教化（きょうか）（教化）
	境界（きょうかい）（境界）	教会（きょうかい）（教堂）	協会（きょうかい）（協會）
	共感（きょうかん）（同感、共鳴）	協議（きょうぎ）（協議）	競技（きょうぎ）（比賽）
	強行（きょうこう）（強行）	強硬（きょうこう）（強硬）	享受（きょうじゅ）（享受）
	教授（きょうじゅ）（教授）	教習（きょうしゅう）（講習）	郷愁（きょうしゅう）（鄉愁）
	強制（きょうせい）（強制）	共存（きょうぞん）（共處）	協調（きょうちょう）（協調）
	共同（きょうどう）（共同）	興味（きょうみ）（興趣）	共鳴（きょうめい）（共鳴）
ぎょう	業績（ぎょうせき）（業績）		
きょく	局限（きょくげん）（侷限）		
きん	近郊（きんこう）（近郊）	均衡（きんこう）（均衡）	
	近視（きんし）（近視、短視）	禁止（きんし）（禁止）	
	金銭（きんせん）（金錢）	緊張（きんちょう）（緊張）	

く				
	くう	空間（くうかん）（空間）	空想（くうそう）（幻想）	
	ぐん	軍隊（ぐんたい）（軍隊）		

け				
	け	景色（けしき）（風景）	気配（けはい）（跡象、神情）	
	けい	敬意（けいい）（敬意）	経緯（けいい）（經緯度、原委）	経営（けいえい）（經營）
		経過（けいか）（經過）	軽快（けいかい）（輕快）	警戒（けいかい）（警戒）
		計画（けいかく）（計畫）	計器（けいき）（計量儀器）	契機（けいき）（契機）
		景気（けいき）（景氣）	敬具（けいぐ）（敬上）	経験（けいけん）（經驗）
		軽減（けいげん）（減輕）	傾向（けいこう）（趨勢）	警告（けいこく）（警告）
		掲載（けいさい）（刊登）	刑事（けいじ）（刑事、刑警）	掲示（けいじ）（告示）
		形式（けいしき）（形式）	傾斜（けいしゃ）（傾斜）	形成（けいせい）（形成）
		形勢（けいせい）（形勢）	継続（けいぞく）（繼續）	軽率（けいそつ）（輕率）
		形態（けいたい）（型態）	携帯（けいたい）（攜帶）	系統（けいとう）（系統）
		刑罰（けいばつ）（刑罰）	経費（けいひ）（經費）	軽蔑（けいべつ）（輕視）
		契約（けいやく）（契約）	経由（けいゆ）（經由）	経歴（けいれき）（經歷）
	けつ	決意（けつい）（決心）	決議（けつぎ）（決議）	欠乏（けつぼう）（缺乏）
	けっ	欠陥（けっかん）（缺陷）	血管（けっかん）（血管）	決行（けっこう）（斷然實行）
		結構（けっこう）（好、可以）	結晶（けっしょう）（結晶）	決勝（けっしょう）（決勝負）
		結成（けっせい）（組成）	結束（けっそく）（捆住、團結）	
	けん	権威（けんい）（權威）	見解（けんかい）（見解）	見学（けんがく）（參觀）
		研究（けんきゅう）（研究）	謙虚（けんきょ）（謙虛）	権限（けんげん）（權限）

け

けん

けんこう 健康（健康）	けんさ 検査（檢查）	
けんざい 健在（健在、照常）	けんしき 見識（見解、見識）	
けんしゅう 研修（研習）	けんしょう 懸賞（酬金、獎賞）	
けんせつ 建設（建設）	けんぜん 健全（健全、正常）	
けんち 見地（觀點、立場）	けんちく 建築（建築）	
けんとう 見当（頭緒）	けんとう 検討（討論）	
けんびきょう 顕微鏡（顯微鏡）	けんぽう 憲法（憲法）	
けんめい 賢明（賢明、高明）	けんめい 懸命（拚命）	
けんり 権利（權利）	けんりょく 権力（權力）	
けんやく 倹約（節儉）	けんよう 兼用（兩用）	

げん

げんいん 原因（原因）	げんかい 限界（界線）	げんかん 玄関（玄關）
げんきん 現金（現金）	げんこう 現行（現行）	げんこう 原稿（文稿）
げんざい 現在（現在）	げんじつ 現実（現實）	げんし 原子（原子）
げんし 原始（原始）	げんしゅ 元首（元首）	げんじゅう 厳重（森嚴）
げんしょう 現象（現象）	げんしょう 減少（減少）	げんぞう 現像（顯像）
げんば 現場（現場）	げんてい 限定（限定）	
げんてん 原点（起點、原點）	げんてん 原典（原著）	げんてん 減点（扣分）
げんど 限度（限度）	げんばく 原爆（核爆）	げんぶん 原文（原文）
げんみつ 厳密（嚴密）	げんり 原理（原理）	げんりょう 減量（減量）
げんろん 言論（言論）		

こ

こ

こきゅう 呼吸（呼吸）　こせい 個性（個性）　こせき 戸籍（戶籍）

こちょう 誇張（誇張）　こてん 古典（古典）

ご

ごげん 語源（語源）　ごさ 誤差（誤差）

こう

こうい 行為（行為）　こうい 好意（好意）　こうえん 公演（公演）

こうえん 公園（公園）　こうえん 後援（後援）　こうえん 講演（演講）

こうか 高価（高價）　こうか 効果（效果）　こうか 硬貨（硬幣）

こうかい 公開（公開）　こうかい 航海（航海）　こうかい 後悔（後悔）

こうがい 公害（公害）　こうがい 郊外（郊外）　こうぎ 抗議（抗議）

こうぎ 講義（課程）　こうきょう 公共（公共）　こうきょう 好況（景氣好）

こうこく 広告（廣告）　こうけい 光景（景象）　こうけい 後継（繼承）

こうけん 貢献（貢獻）　こうさく 工作（工藝課、施工）

こうさく 耕作（耕作）　こうしょう 交渉（交涉）　こうずい 洪水（洪水）

こうせい 公正（公正）　こうせい 構成（構成）　こうせき 功績（功績）

こうせん 光線（光線）　こうそう 高層（高層）　こうそう 抗争（抗爭）

こうそう 構想（構想）　こうぞう 構造（構造）　こうそく 拘束（拘束、限制）

こうそく 高速（高速）　こうたい 交代（輪流）　こうたい 後退（後退）

こうちょう 好調（順利）　こうてい 肯定（肯定）　こうてい 校庭（校園）

こうとう 口頭（口頭）　こうとう 高等（高等）　こうどく 購読（訂閱）

こうにゅう 購入（買進）　こうはい 後輩（晚輩）　こうはい 荒廃（荒廢）

こうひょう 公表（公開發表）　こうひょう 好評（好評）

こうふく 幸福（幸福）　こうふく 降伏（投降）　こうふん 興奮（興奮）

こ

こう	公平（こうへい）（公平）	巧妙（こうみょう）（巧妙）	項目（こうもく）（項目）
	公約（こうやく）（公開承諾）	公用（こうよう）（公用）	紅葉（こうよう）（紅葉）
	公立（こうりつ）（公立）	効率（こうりつ）（效率）	交流（こうりゅう）（交流）
	考慮（こうりょ）（考慮）		
ごう	合意（ごうい）（意見一致）	豪華（ごうか）（豪華）	合成（ごうせい）（合成）
	合同（ごうどう）（聯合、合併）		
こく	国産（こくさん）（國產）	国籍（こくせき）（國籍）	国土（こくど）（國土）
	告白（こくはく）（告白）	克服（こくふく）（克服）	穀物（こくもつ）（穀物）
	国有（こくゆう）（國有）		
こん	根気（こんき）（毅力、耐性）		根性（こんじょう）（氣質、骨氣）
	根本（こんぽん）（根本）		

サ行 MP3-30

		讀音	單字	中文
さ	さ	さとう	砂糖	砂糖
		さどう	作動	運轉
		さべつ	差別	區別、歧視
		さよう	作用	作用
	さい	さいかい	再会	重逢
		さいがい	災害	災害
		さいきん	最近	最近
		さいきん	細菌	細菌
		さいく	細工	手工藝
		さいけつ	採決	表決
		さいけん	再建	重建
		さいげん	再現	重現
		さいさん	再三	再三
		さいさん	採算	核算
		さいしゅう	採集	採集、收集
		さいしゅう	最終	最終
		さいせい	再生	復活、播放
		さいぜん	最善	最好、全力
		さいたく	採択	選擇、通過
		さいてん	祭典	祭典
		さいなん	災難	災難
		さいばい	栽培	栽培、養殖
		さいはつ	再発	再次發生
		さいばん	裁判	審判
		さいふ	財布	錢包
		さいほう	裁縫	裁縫
		さいぼう	細胞	細胞
		さいよう	採用	採用
	さく	さくげん	削減	削減
		さくご	錯誤	錯誤
		さくじょ	削除	削除
	さん	さんか	参加	參加
		さんか	酸化	氧化
		さんこう	参考	參考
		さんしょう	参照	參照
		さんせい	賛成	贊成
		さんせい	酸性	酸性
	ざん	ざんこく	残酷	殘酷

し

し	しいく 飼育（飼養）	しかい 司会（司儀）	しかく 四角（四方形）
	しかく 視覚（視覺）	しかく 資格（資格、證照）	しき 四季（四季）
	しき 指揮（指揮）	しきさい 色彩（色彩）	しきてん 式典（典禮）
	しきゅう 支給（支付）	しきゅう 至急（火急、趕快）	しきん 資金（資金）
	しけい 死刑（死刑）	しげき 刺激（刺激）	しげん 資源（資源）
	しこう 志向（志向）	しこう 施行（實施、生效）	しこう 思考（思考）
	しこう 嗜好（嗜好）	しさつ 視察（視察）	しさん 資産（資產）
	しじ 支持（支持）	しじ 指示（指示）	しじょう 市場（市場）
	しせい 姿勢（姿勢、態度）		しせつ 施設（設施）
	しそう 思想（思想）	しまつ 始末（收拾、原委）	しめい 氏名（姓名）
	しめい 使命（使命）	しや 視野（視野）	
	しよう 私用（私事、私自使用）		しよう 使用（使用）
	しよう 仕様（辦法、規格）		しりょう 資料（資料）
じ	じかん 時間（時間）	じき 時期（時期）	じき 磁気（磁力）
	じぎょう 事業（事業）	じこ 自己（自己）	じこ 事故（事故）
	じこう 事項（事項）	じこく 時刻（時刻）	じたい 字体（字體）
	じたい 事態（事態、局勢）	じたい 辞退（謝絕）	じてん 辞典（字典）
じっ	じっさい 実際（實際）	じっしつ 実質（實質）	じっせき 実績（實際成效）
	じっせん 実践（實踐）		
しゅ	しゅさい 主催（主辦）	しゅし 趣旨（宗旨）	しゅし 種子（種子）
	しゅちょう 主張（主張）	しゅのう 首脳（首腦）	

し

じゅ	樹立（じゅりつ）（樹立）		
しゅう	収穫（しゅうかく）（收成、收穫）	習慣（しゅうかん）（習慣）	週間（しゅうかん）（一星期）
	収支（しゅうし）（收支）	終始（しゅうし）（始終）	修士（しゅうし）（碩士）
	就職（しゅうしょく）（就業）	修飾（しゅうしょく）（修飾）	集中（しゅうちゅう）（集中）
	収入（しゅうにゅう）（收入）	収容（しゅうよう）（收容、容納）	
	終了（しゅうりょう）（結束）		
じゅう	重視（じゅうし）（重視）	渋滞（じゅうたい）（塞車）	重体（じゅうたい）（病危）
しゅく	縮小（しゅくしょう）（縮小）		
じゅく	熟睡（じゅくすい）（熟睡）		
しゅつ	出演（しゅつえん）（演出）		
しゅっ	出世（しゅっせ）（出人頭地）		
じゅん	純粋（じゅんすい）（純粹、純真）		
しょ	所持（しょじ）（攜帶）	書籍（しょせき）（書籍）	所属（しょぞく）（屬於）
	処置（しょち）（處置）	所定（しょてい）（規定）	所有（しょゆう）（擁有）
じょ	女子（じょし）（女子）	女史（じょし）（女士）	助詞（じょし）（助詞）
しょう	紹介（しょうかい）（介紹）	生涯（しょうがい）（生涯）	
	障害（しょうがい）（障礙、殘障）	詳細（しょうさい）（詳細）	昇進（しょうしん）（晉升）
	正体（しょうたい）（真面目）	承諾（しょうだく）（承諾）	象徴（しょうちょう）（象徵）
	商店（しょうてん）（商店）	焦点（しょうてん）（焦點）	証人（しょうにん）（證人）
	承認（しょうにん）（承認）	消費（しょうひ）（消費）	証明（しょうめい）（證明）
	照明（しょうめい）（照明）		

し

じょう	じょうし 上司（上司）	じょうしき 常識（常識）	じょうしょう 上昇（上昇）
	じょうたい 状態（狀態）	じょうたつ 上達（進步）	
しん	しんか 進化（進化）	しんきゅう 進級（升年級）	しんけん 真剣（認真）
	しんこう 信仰（信仰）	しんこう 新興（新興）	しんこう 振興（振興）
	しんこう 進行（前進、進展）	しんこく 申告（申報）	しんこく 深刻（嚴重）
	しんさ 審査（審查）	しんし 紳士（紳士）	しんじょう 心情（心情）
	しんせい 申請（申請）	しんせい 神聖（神聖）	しんせん 新鮮（新鮮）
	しんそう 真相（真相）	しんじゅう 心中（殉情）	しんちょう 身長（身高）
	しんちょう 慎重（慎重）	しんてい 進呈（贈送）	しんてん 進展（進展）
	しんぽ 進歩（進步）	しんりょう 診療（診療）	
じん	じんかく 人格（人格）		

す

すい	すいげん 水源（水源）	すいじ 炊事（烹調）	すいじゅん 水準（水準）
	すいしん 推進（推進）	すいせん 水洗（沖水式）	すいせん 推薦（推薦）
	すいそく 推測（推測）	すいちょく 垂直（垂直）	すいてい 推定（推斷）
	すいてき 水滴（水滴）	すいでん 水田（水田）	すいへい 水平（水平）
	すいみん 睡眠（睡眠）	すいり 推理（推理）	
すう	すうはい 崇拝（崇拜）		
せい	せいおう 西欧（西歐）	せいか 成果（成果）	せいかく 正確（正確、準確）
	せいかく 性格（性格）	せいき 正規（正規）	せいき 世紀（世紀）
	せいけん 政権（政權）	せいこう 成功（成功）	せいこう 精巧（精巧）

せ

せい	せいさん **生産**（生產）	せいさん **精算**（細算）	せいし **生死**（生死）
	せいし **静止**（靜止）	せいしつ **性質**（性質）	せいせき **成績**（成績）
	せいそう **清掃**（清掃）	せいそう **盛装**（盛裝）	せいちょう **成長**（成長）
	せいど **制度**（制度）	せいのう **性能**（性能）	せいめい **生命**（生命）
	せいめい **姓名**（姓名）	せいめい **声明**（聲明）	せいやく **制約**（限制）
せき	せきどう **赤道**（赤道）	せきにん **責任**（責任）	せきむ **責務**（責任和義務）
せつ	せつび **設備**（設備）	せつりつ **設立**（設立）	
せっ	せっきん **接近**（接近）	せっしょく **接触**（接觸）	せっち **設置**（設置）
	せっとく **説得**（說服）		
せん	せんい **繊維**（纖維）	せんきょ **選挙**（選舉）	せんきょう **宣教**（傳教）
	せんげん **宣言**（宣言）	せんこう **先行**（先行、領先）	せんこう **専攻**（主修）
	せんこう **選考**（選拔）	せんさい **戦災**（戰禍）	せんざい **洗剤**（清潔劑）
	せんすい **潜水**（潛水）	せんせい **先制**（先發制人）	せんせい **専制**（專制）
	せんそう **戦争**（戰爭）	せんたく **洗濯**（洗衣）	せんたく **選択**（選擇）
	せんたん **先端**（尖端）	せんちゃく **先着**（先到）	せんでん **宣伝**（宣傳）
	せんとう **先頭**（排頭、領頭）		せんとう **戦闘**（戰鬥）
	せんぱい **先輩**（前輩）	せんぱく **船舶**（船舶）	せんぷうき **扇風機**（電扇）
	せんにゅう **潜入**（潛入）	せんもん **専門**（專長）	せんよう **専用**（專用）
	せんりょう **占領**（佔領）	せんりょく **戦力**（戰力）	
ぜん	ぜんしん **全身**（全身）	ぜんしん **前進**（前進）	

そ

そ	素材（そざい）（題材、原料）	阻止（そし）（阻止）	組織（そしき）（組織）
	素質（そしつ）（素質）	訴訟（そしょう）（訴訟）	祖先（そせん）（祖先）
	措置（そち）（措施）	素朴（そぼく）（樸素、單純）	
	粗末（そまつ）（粗糙、怠慢）		
そう	相違（そうい）（差異）	騒音（そうおん）（噪音）	総額（そうがく）（總額）
	創刊（そうかん）（創刊）	倉庫（そうこ）（倉庫）	操作（そうさ）（操作）
	捜査（そうさ）（搜查）	創作（そうさく）（創作）	捜索（そうさく）（搜索）
	葬式（そうしき）（葬禮）	操縦（そうじゅう）（操縱）	創造（そうぞう）（創造）
	想像（そうぞう）（想像）	装置（そうち）（裝置）	
	騒動（そうどう）（鬧事、暴亂）	遭難（そうなん）（遇難）	装備（そうび）（裝備）
	創立（そうりつ）（創立）		
ぞう	増減（ぞうげん）（增減）		
そっ	率先（そっせん）（率先）		
そく	促進（そくしん）（促進）	束縛（そくばく）（束縛、限制）	
そん	尊敬（そんけい）（尊敬）	存続（そんぞく）（延續、連續）	

タ行 MP3-31

た				
たい	たいおう 対応（對應）	たいか 大家（名門、權威）		
	たいか 退化（退化）	たいかく 体格（體格）		
	たいがい 大概（大概）	たいくつ 退屈（無聊、厭倦）		
	たいぐう 待遇（招待、待遇）	たいこう 対抗（對抗）		
	たいざい 滞在（停留）	たいじ 退治（征服、撲滅）		
	たいしょ 対処（對待、應付）	たいしゅう 大衆（大眾）		
	たいしょく 退職（離職）	たいせい 体制（體制）		
	たいせい 態勢（態勢、準備）	たいそう 体操（體操）	たいど 態度（態度）	
	たいとう 対等（對等）	たいのう 滞納（欠繳）	たいひ 対比（對比）	
	たいひ 退避（躲避）	たいほ 逮捕（逮捕）	たいぼう 待望（盼望）	
	たいまん 怠慢（鬆懈）	たいめん 対面（見面）	たいよう 太陽（太陽）	
	たいりく 大陸（大陸）			
たっ	たっせい 達成（達成）			
たん	たんか 担架（擔架）	たんか 短歌（短詩）	たんけん 探検（探險）	
	たんしゅく 短縮（縮短）			
だん	だんけつ 団結（團結）			

ち

ち
- 遅刻（ちこく）（遲到）
- 知識（ちしき）（知識）
- 治療（ちりょう）（治療）

ちく
- 蓄積（ちくせき）（蓄積、儲備）

ちゅう
- 中央（ちゅうおう）（中央）
- 中継（ちゅうけい）（中繼、轉播）
- 忠告（ちゅうこく）（忠告）
- 注射（ちゅうしゃ）（打針）
- 駐車（ちゅうしゃ）（停車）
- 中傷（ちゅうしょう）（重傷、毀謗）
- 抽象（ちゅうしょう）（抽象）
- 抽選（ちゅうせん）（抽籤）

ちょう
- 調印（ちょういん）（簽字、用印）
- 超過（ちょうか）（超過）
- 聴解（ちょうかい）（聽力）
- 聴覚（ちょうかく）（聽覺）
- 聴講（ちょうこう）（聽課）
- 彫刻（ちょうこく）（雕刻品）
- 調査（ちょうさ）（調查）
- 調子（ちょうし）（狀況）
- 徴収（ちょうしゅう）（徵收、收費）
- 頂上（ちょうじょう）（山頂、頂點）
- 調整（ちょうせい）（調整）
- 調節（ちょうせつ）（調節）
- 挑戦（ちょうせん）（挑戰）
- 調停（ちょうてい）（調停）
- 頂点（ちょうてん）（頂點、極點）
- 重複（ちょうふく）（重複）
- 重宝（ちょうほう）（方便、珍視）
- 調和（ちょうわ）（協調、和諧）

ちょく
- 直接（ちょくせつ）（直接）

つ

つ
- 都合（つごう）（情況、方便）

つい
- 追加（ついか）（追加）
- 追求（ついきゅう）（追求）
- 追跡（ついせき）（追蹤）

つう
- 通過（つうか）（通過、不停靠）
- 通行（つうこう）（通行）
- 通常（つうじょう）（平常、通常）
- 通帳（つうちょう）（帳本、存摺）

て

て

- 手順 てじゅん（程序、步驟）
- 手帳 てちょう（記事本）
- 手配 てはい（安排、通緝）

てい

- 提案 ていあん（提案）
- 定価 ていか（定價）
- 低下 ていか（低落）
- 定義 ていぎ（定義）
- 提供 ていきょう（提供）
- 提携 ていけい（提攜）
- 抵抗 ていこう（抵抗）
- 停止 ていし（停止）
- 提示 ていじ（出示）
- 提出 ていしゅつ（提交）
- 訂正 ていせい（訂正）
- 停滞 ていたい（停滯）
- 邸宅 ていたく（宅邸、公館）
- 定年 ていねん（退休）
- 堤防 ていぼう（堤防）

てき

- 適応 てきおう（適應、適合）
- 適宜 てきぎ（適宜、隨意）
- 適性 てきせい（適性）
- 適切 てきせつ（恰當）
- 適度 てきど（適當）

てん

- 点火 てんか（點火）
- 展開 てんかい（展開）
- 転回 てんかい（迴轉）
- 転換 てんかん（轉換）
- 転居 てんきょ（搬遷）
- 転勤 てんきん（調職）
- 典型 てんけい（典型）
- 点検 てんけん（檢查）
- 天候 てんこう（天候）
- 転校 てんこう（轉校）
- 天才 てんさい（天才）
- 天災 てんさい（天災）
- 添削 てんさく（修改）
- 展示 てんじ（展示）
- 天井 てんじょう（天花板）
- 天体 てんたい（天體）
- 天地 てんち（天地）
- 天然 てんねん（天然）
- 展望 てんぼう（展望、眺望）
- 転落 てんらく（掉下、淪落）
- 展覧 てんらん（展覽）

でん

- 伝言 でんごん（留話）
- 伝説 でんせつ（傳說）
- 伝染 でんせん（傳染）
- 電線 でんせん（電線）
- 伝統 でんとう（傳統）
- 電灯 でんとう（電燈）

と

と	徒歩（徒步）		
とう	統一（統一）	騰貴（漲價）	討議（討論）
	統計（統計）	搭乗（搭乘）	統制（統治）
	当選（當選）	統率（統帥）	到達（到達）
	統治（統治）	到着（到達）	投入（投入）
	投票（投票）	逃亡（逃亡）	透明（透明）
	登録（登記、註冊）	討論（討論）	
どう	同意（同意）	同感（同感）	動機（動機）
	同士（同伴）	同志（同志）	動詞（動詞）
	同情（同情）	道場（道場、道館）	
	同調（贊同、步調一致）		導入（引進）
	同様（同樣）	童謡（童謠）	動揺（動搖）
	同僚（同事）		
とく	特徴（特徵）		
どく	独占（獨占）		
とつ	突然（突然）	突入（闖入、捲入）	
とっ	突出（突出）	突進（勇往直前）	
	突破（突破）		

ナ行 MP3-32

な	ない	ないよう 内容（內容）		

に	にっ	にってい 日程（行程）		
	にゅう	にゅうしゅ 入手（得到）		
	にん	にんか 認可（批准）	にんしき 認識（認識）	にんじょう 人情（人情）

ね	ねつ	ねつい 熱意（熱情）		
	ねん	ねんしょう 年少（年輕）	ねんしょう 燃焼（燃燒）	ねんりょう 燃料（燃料）

の	の	のうど 濃度（濃度）	のうにゅう 納入（繳納、供給）	のうひん 納品（交貨）

ハ行 MP3-33

は	は	はかい 破壊（破壞）	はき 破棄（取消、作廢）	はけん 派遣（派遣）
	ば	ばあい 場合（情況）		
	はい	はいけい 背景（背景）	はいけい 拝啓（敬啟）	はいき 廃棄（廢除、銷毀）
		はいし 廃止（廢止）	はいち 配置（配置、佈署）	はいふ 配布（發送）
		はいりょ 配慮（關照、用心、關心）		
	はつ	はつげん 発言（發言）		
	はっ	はっき 発揮（發揮）	はっしん 発進（起飛、出發）	はっせい 発生（發生）
		はってん 発展（發展）		

は

はん	はんい 範囲（範圍）	はんえい 反映（反映）	はんえい 繁栄（繁榮）
	はんかん 反感（反感）	はんきょう 反響（回音、回響）	はんけつ 判決（判決）
	はんこう 反抗（反抗）	はんざい 犯罪（犯罪）	はんじょう 繁盛（興隆）
	はんしょく 繁殖（繁殖）	はんだん 判断（判斷）	はんてい 判定（判斷）
	はんにん 犯人（犯人、兇手）		はんのう 反応（反應）
	はんばい 販売（販售）	はんぱつ 反発（排斥、反感）	はんらん 反乱（叛亂）

ひ

ひ	ひかく 比較（比較）	ひなん 非難（責怪）	ひなん 避難（避難）
	ひはん 批判（批判）	ひよう 費用（費用）	ひろう 疲労（疲勞）
ひっ	ひってき 匹敵（匹敵）		
ひょう	ひょうか 評価（評價）		
ひん	ひんきゅう 貧窮（貧窮）	ひんじゃく 貧弱（虛弱、貧乏）	
びん	びんぼう 貧乏（貧窮）		

ふ

ふ	ふい 不意（意外、突然）	ふきゅう 普及（普及）	ふごう 符号（符號）
	ふごう 富豪（富豪）	ふこく 布告（佈告、宣告）	
	ふさい 夫妻（夫妻）	ふさい 負債（負債）	ふしょう 負傷（受傷）
	ふたん 負担（負擔）	ふだん 普段（平常）	ふつう 普通（普通）
	ふにん 赴任（上任）	ふはい 腐敗（腐壞、腐敗）	
	ふへん 普遍（普遍）	ふよう 扶養（扶養）	
ぶ	ぶひん 部品（零件）		

ふ	ふう	風景（ふうけい）（景色）		
	ふく	副詞（ふくし）（副詞）	福祉（ふくし）（福利）	
	ふっ	復活（ふっかつ）（恢復、復興）	復旧（ふっきゅう）（修復、恢復原狀）	
		復興（ふっこう）（復興）	沸騰（ふっとう）（沸騰）	
	ぶっ	物騒（ぶっそう）（動盪不安、危險）		
	ふん	雰囲気（ふんいき）（氣氛）	噴火（ふんか）（火山爆發）	
		紛失（ふんしつ）（遺失）	噴出（ふんしゅつ）（噴出）	紛争（ふんそう）（糾紛）
		奮闘（ふんとう）（奮鬥）	粉末（ふんまつ）（粉末）	
	ぶん	文化（ぶんか）（文化）	文献（ぶんけん）（文獻）	分散（ぶんさん）（分散）
		分析（ぶんせき）（分析）	分担（ぶんたん）（分擔）	分配（ぶんぱい）（分配）
		分離（ぶんり）（分離）	分裂（ぶんれつ）（分配）	

へ	へい	平気（へいき）（不在乎、冷靜）	兵器（へいき）（武器）	平行（へいこう）（平行）
		並行（へいこう）（並行、同時進行）	閉口（へいこう）（閉口、無法應付）	
		閉鎖（へいさ）（封鎖、關閉）		
	べっ	別荘（べっそう）（別墅）		
	へん	返還（へんかん）（歸還）	変更（へんこう）（變更）	偏見（へんけん）（偏見）
		返済（へんさい）（還債）		
	べん	弁解（べんかい）（辯解）	便宜（べんぎ）（方便、權宜）	
		弁護士（べんごし）（律師）	弁償（べんしょう）（賠償）	便利（べんり）（方便）

ほ

ほ	ほかく 捕獲（捕獲、俘虜）	ほけん 保険（保險）	ほこう 歩行（步行）
	ほじょ 補助（補助）	ほしょう 保証（保證）	ほしょう 保障（保障）
	ほしょう 補償（補償）		
ほう	ほうてい 法廷（法庭）	ほうがく 方角（方位、角度）	ほうがく 法学（法學）
	ほうき 放棄（放棄）	ほうこく 報告（報告）	ほうさく 方策（對策）
	ほうさく 豊作（豐收）	ほうそう 放送（廣播）	ほうそう 包装（包裝）
	ほうち 放置（置之不理）	ほうふ 豊富（豐富）	
ぼう	ぼうけん 冒険（冒險）	ぼうし 防止（防止）	ぼうし 帽子（帽子）
	ぼうだい 膨大（龐大、膨脹）		ぼうちょう 膨張（膨脹）
ほっ	ほっさ 発作（發作、突然）	ほっそく 発足（開始、動身）	
ほん	ほんき 本気（認真）	ほんしつ 本質（本質）	ほんたい 本体（真相、主機）
	ほんね 本音（真心話）	ほんのう 本能（本能）	ほんぶ 本部（總部）

マ行 MP3-34

ま

ま	ますい 麻酔（痲醉）	まひ 麻痺（痲痺）
まん	まんいん 満員（滿座、客滿）	まんじょう 満場（全場、滿場）
	まんしん 満身（全身）	まんぞく 満足（滿足）

み

みつ	みつど 密度（密度）	
みっ	みっしゅう 密集（密集）	みっせつ 密接（緊鄰、緊密）

假名	讀音	單字	讀音	單字	讀音	單字
む	むこう	無効（無效）	むごん	無言（不說話）	むくち	無口（寡言）
	むし	無視（忽視）	むだん	無断（擅自）	むねん	無念（遺憾）
	むり	無理（勉強）	むりょう	無料（免費）	むろん	無論（當然）

假名	讀音	單字	讀音	單字
めい	めいし	名刺（名片）		
めん	めんせき	面積（面積）	めんせつ	面接（面試）

假名	讀音	單字	讀音	單字
も	もけい	模型（模型）	もはん	模範（模範）
もく	もくてき	目的（目的）	もくろく	目録（目錄）

ヤ行 MP3-35

假名	讀音	單字
や	やくいん	役員（高級職員、董事）

假名	讀音	單字	讀音	單字	讀音	單字
ゆう	ゆううつ	憂鬱（憂鬱）	ゆうえき	有益（有益）	ゆうかい	誘拐（綁架）
	ゆうき	有機（有機）	ゆうき	勇気（勇氣）	ゆうこう	友好（友好）
	ゆうこう	有効（有效）	ゆうそう	郵送（郵寄）	ゆうせん	優先（優先）
	ゆうどう	誘導（引導）	ゆうふく	裕福（富裕）	ゆうよ	猶予（猶豫、延期）
	ゆうれい	幽霊（鬼魂）	ゆうわく	誘惑（引誘）		

よ				
よ	余暇（よか）（閒暇）	予言（よげん）（預言）	予知（よち）（預知）	
	余裕（よゆう）（從容、餘裕）			
よう	容易（ようい）（容易）	要員（よういん）（工作人員）	溶液（ようえき）（溶液）	
	容器（ようき）（容器）	要求（ようきゅう）（要求）		
	用語（ようご）（用語、專業術語）		養護（ようご）（照顧、撫育）	
	要項（ようこう）（重要事項）		要旨（ようし）（要點、要旨）	
	幼児（ようじ）（幼兒）		用事（ようじ）（事情、工作）	
	要請（ようせい）（要求）	養成（ようせい）（養成）	要素（ようそ）（要素）	
	要点（ようてん）（要點）	要望（ようぼう）（要求、希望）	羊毛（ようもう）（羊毛）	
	要領（ようりょう）（要領、竅門）			
よく	抑圧（よくあつ）（壓抑）	抑制（よくせい）（抑制）		

ラ行 MP3-36

り			
り	利潤（りじゅん）（利潤）	利用（りよう）（使用）	
りゅう	流行（りゅうこう）（流行）	流通（りゅうつう）（流通）	
りょう	領域（りょういき）（領域）	了解（りょうかい）（諒解、理解）	領海（りょうかい）（領海）
	両替（りょうがえ）（兌換）	両側（りょうがわ）（兩側）	料金（りょうきん）（費用）
	良好（りょうこう）（良好）	良識（りょうしき）（明智）	良質（りょうしつ）（品質良好）
	領収（りょうしゅう）（收到）	了承（りょうしょう）（明白、同意）	良性（りょうせい）（良性）
	領土（りょうど）（領土）	両立（りょうりつ）（並存）	

る	るい	類推（るいすい）（類推）		
れ	れい	冷凍（れいとう）（冷凍）		
	れん	連合（れんごう）（聯合）	連帯（れんたい）（連帶）	連中（れんちゅう）（一群人、成員）
		連盟（れんめい）（聯盟）		
ろ	ろ	浪費（ろうひ）（浪費）		

實力測驗

問題Ⅰ ＿＿＿の言葉の読み方として最もよいものを、1・2・3・4から一つ選びなさい。

（　）01　彼は公演中に心臓<u>発作</u>を起こした。

1 はっさく　　2 ほっさく　　3 はっさ　　4 ほっさ

（　）02　これは<u>架空</u>の話である。

1 かくう　　2 かこう　　3 けくう　　4 けこう

（　）03　首相は<u>無言</u>のまま、事故の報告を聞いている。

1 ぶげん　　2 ぶごん　　3 むげん　　4 むごん

（　）04　意見がまとまらず、会議は混乱に<u>陥った</u>。

1 はまった　　2 ちった　　3 おちいった　　4 おちった

（　）05　経歴を<u>偽って</u>、会社に入った。

1 いたって　　2 いつわって　　3 ことわって　　4 かたよって

（　）06　そんな<u>汚らわしい</u>話をするのはやめて。

1 よごらわしい　　2 きたらわしい
3 おらわしい　　4 けがらわしい

問題Ⅱ　（　　）に入れるのに最もよいものを、1・2・3・4から一つ選びなさい。

（　）07　海外に行って、長い間（　　　）不明だった吉村さんが帰ってきた。

1 住所　　2 連絡　　3 意識　　4 行方

（　）08　先ほど（　　　）した資料に目を通しておいてください。

1 配慮　　2 配列　　3 配布　　4 配達

（　）09　授業のプリントはひとつにまとめて（　　　）に入れてある。

1 カルテ　　2 ファイル　　3 タイトル　　4 データ

（　）10　弟はいつも部屋に（　　　）漫画を読んでいる。

1 たもって　　2 くもって　　3 つもって　　4 こもって

（　）11　急病で入院した祖母が心配で、この間、夜も（　　　）寝ていない。

1 もろに　　2 ろくに　　3 やけに　　4 ことに

（　）12　遊園地の建設について出席者の意見は（　　　）だった。

1 まちまち　　2 ぶらぶら　　3 ぺこぺこ　　4 つくづく

（　）13　（　　　）発展を遂げる中国は、環境に重大な影響を及ぼしている。

1 このましい　　2 あさましい　　3 めざましい　　4 なやましい

問題III ＿＿＿の言葉に意味が最も近いものを、1・2・3・4から一つ選びなさい。

（　）14　オーバーな表現を使いすぎると、誰も話を真剣に聞いてくれなくなる。
1 くどい　2 長い　3 りっぱな　4 おおげさな

（　）15　ワープロは文章の編集も保存も印刷もできる重宝な機械だった。
1 大事な　2 重たい　3 便利な　4 貴重な

（　）16　ビザを更新するにはわずらわしい手続きが必要だ。
1 きびしい　2 めんどうな　3 あんいな　4 いそがしい

（　）17　だれが会長になるかでもめている。
1 意見が分かれている　2 相談している
3 話し合っている　4 考えている

（　）18　父はあのニュースを見ていきどおっている。
1 悲しんでいる　2 怒っている
3 喜んでいる　4 心配している

（　）19　外国旅行をするときには、あらかじめその国の歴史と地理などを調べておいたほうがいい。
1 くわしく　2 できれば　3 前もって　4 何とか

問題Ⅳ　次の言葉の使い方として最もよいものを、1・2・3・4から一つ選びなさい。

（　）20　応対

1 社長のお嬢さんの結婚式に応対された。

2 相手の出方を見ながら応対する。

3 営業担当の彼は応対が上手だ。

4 状況に応対した対策を立てる。

（　）21　逃れる

1 秘密のルートで海外に逃れた。

2 都会を逃れて田舎に住んでいる。

3 逃れずに私の質問に答えなさい。

4 あの人は最近私を逃れている。

（　）22　身近

1 身近な将来、会社を作る。

2 身近にあるものを使って、おもちゃを作った。

3 この学校は駅から身近だ。

4 毎日利用する駅の身近に花屋がある。

（　）23　わざと

1 わざと忘れ物を届けてくれた。

2 この洋服はわざとあつらえたものだ。

3 わざとこの点に注目してください。

4 時計をわざと遅らせる。

（　）24　びくびく

1 びくびくしていると遅れるぞ。

2 もうびくびく帰ってくる頃だ。

3 一日中家でびくびくしている。

4 襲われるのではないかとびくびくしている。

（　）25　繁盛

1 店が繁盛して売り上げも増えてきた。

2 交通が繁盛して便利になった。

3 科学技術はこれからも大いに繁盛するだろう。

4 会社の事業を繁盛させるために、海外に支店を出す。

解答

問題 I

01	02	03	04	05	06
4	1	4	3	2	4

問題 II

07	08	09	10	11	12	13
4	3	2	4	2	1	3

問題 III

14	15	16	17	18	19
4	3	2	1	2	3

問題 IV

20	21	22	23	24	25
3	2	2	4	4	1

中文翻譯及解析

問題Ⅰ ＿＿＿の言葉の読み方として最もよいものを、1・2・3・4から一つ選びなさい。（請從1・2・3・4當中選出一個＿＿＿單字的讀音最好的答案。）

（　）01　彼は公演中に心臓発作を起こした。

1 はっさく　　2 ほっさく　　3 はっさ　　4 ほっさ

中譯　他在公演時心臟病發作。

解析　本題測驗漢詞發音，「発」的基本發音為「はつ」，但此處是較特別的「ほつ」，而且還要音變為「ほっ」。「作」的基本發音雖為「さく」，但此處是較特別的「さ」。正確答案為選項4。

（　）02　これは架空の話である。

1 かくう　　2 かこう　　3 けくう　　4 けこう

中譯　這是虛構的故事。

解析　本題測驗漢詞發音，「架空」一詞發音並無特別之處，「架」唸「か」、「空」唸「くう」，都是基本發音。正確答案為選項1。

（　）03　首相は無言のまま、事故の報告を聞いている。

1 ぶげん　　2 ぶごん　　3 むげん　　4 むごん

中譯　首相一句話也不說地聽著事故的報告。

解析　本題測驗漢詞發音，「無」常見的音讀有「ぶ」和「む」，此時要唸作「む」；「言」常見的音讀有「げん」和「ごん」，此時要念「ごん」。正確答案為選項4。

(　) 04　意見（いけん）がまとまらず、会議（かいぎ）は混乱（こんらん）に陥（おちい）った。

1 はまった　　2 ちった　　3 おちいった　　4 おちった

中譯　意見不一致，會議陷入混亂。

解析　前三個選項的辭書形分別為「嵌（はま）る」（鑲嵌）；「散（ち）る」（落下）；「陥（おちい）る」（陷入）。選項4非正確的單字，除非刪掉「っ」才能成為「落（お）ちる」（掉落）的た形。正確答案為選項3。

(　) 05　経歴（けいれき）を偽（いつわ）って、会社（かいしゃ）に入（はい）った。

1 いたって　　2 いつわって　　3 ことわって　　4 かたよって

中譯　偽造經歷進入了公司。

解析　四個選項的辭書形分別為「至（いた）る」（到達）；「偽（いつわ）る」（偽造）；「断（ことわ）る」（拒絕）；「偏（かたよ）る」（偏於），正確答案為選項2。

(　) 06　そんな汚（けが）らわしい話（はなし）をするのはやめて。

1 よごらわしい　　2 きたらわしい
3 おらわしい　　4 けがらわしい

中譯　不要說那麼下流的事了！

解析　漢字「汚」的發音方式眾多，漢詞音讀時為「汚（お）染（せん）」（污染）；動詞則是「汚（よご）れる / 汚（よご）す」（髒 / 弄髒）；い形容詞除了常見的「汚（きたな）い」（很髒），還有表示低級、下流的「汚（けが）らわしい」，正確答案為選項4。

問題 II　（　　）に入れるのに最もよいものを、1・2・3・4から一つ選びなさい。（請從1・2・3・4當中選出一個放入（　　）中最好的答案。）

（　）07　海外に行って、長い間（　　）不明だった吉村さんが帰ってきた。

1 住所　2 連絡　3 意識　4 行方

中譯　到國外，長時間行蹤不明的吉村先生回來了。

解析　「住所」是「住址」；「連絡」是「聯絡」；「意識」是「意識」；「行方」是「行蹤」。依句意，正確答案為選項4。

（　）08　先ほど（　　）した資料に目を通しておいてください。

1 配慮　2 配列　3 配布　4 配達

中譯　請先看一下之前發的資料。

解析　「配慮」是「關照」；「配列」是「排列」；「配布」是「散發」；「配達」是「投遞」。依句意，正確答案為選項3。

（　）09　授業のプリントはひとつにまとめて（　　）に入れてある。

1 カルテ　2 ファイル　3 タイトル　4 データ

中譯　上課的講義整理在一起，放入檔案夾中。

解析　「カルテ」是「病歷」；「ファイル」是「檔案」；「タイトル」是「標題」；「データ」是「數據」。依句意，正確答案為選項2。

（ ）10 弟はいつも部屋に（　　　）漫画を読んでいる。

1 たもって　　2 くもって　　3 つもって　　4 こもって

中譯 弟弟總是躲在房間裡看漫畫。

解析 四個選項都是動詞て形，其辭書形各為「保つ」（保持）；「曇る」（天陰）；「積もる」（堆積）；「こもる」（充滿、閉門不出）。依句意，正確答案為選項4。

（ ）11 急病で入院した祖母が心配で、この間、夜も（　　　）寝ていない。

1 もろに　　2 ろくに　　3 やけに　　4 ことに

中譯 擔心突然生病住院的祖母，這陣子晚上都沒辦法好好睡。

解析 「もろに」是「徹底」；「ろくに」是「不能好好地」；「やけに」是「非常」；「ことに」是「特別」。依句意，正確答案為選項2。

（ ）12 遊園地の建設について出席者の意見は（　　　）だった。

1 まちまち　　2 ぶらぶら　　3 ぺこぺこ　　4 つくづく

中譯 關於遊樂場的建設，參加者的意見各有不同。

解析 「まちまち」是「形形色色」；「ぶらぶら」是「閒晃」；「ぺこぺこ」是「餓扁、卑躬屈膝」；「つくづく」是「深切」。依句意，正確答案為選項1。

（ ）13 （　　　）発展を遂げる中国は、環境に重大な影響を及ぼしている。

1 このましい　　2 あさましい　　3 めざましい　　4 なやましい

中譯 達到驚人經濟發展的中國，對環境造成很大的影響。

解析 「このましい」是「令人喜歡的」；「あさましい」是「卑鄙的、悲慘的」；「めざましい」是「驚人的」；「なやましい」是「難受的」。依句意，正確答案為選項3。

問題III ＿＿＿の言葉に意味が最も近いものを、1・2・3・4から一つ選びなさい。（請從1・2・3・4當中選出一個和＿＿＿單字的意思最相近的答案。）

（ ）14 オーバーな表現を使いすぎると、誰も話を真剣に聞いてくれなくなる。

1 くどい　2 長い　3 りっぱな　4 おおげさな

中譯 話說得太誇張的話，大家都會變得不會認真聽你說話。

解析 題目句裡的「オーバー」是「誇大」的意思，選項裡的「くどい」是「囉唆的」；「長い」是「冗長的」；「立派」是「傑出」；「大げさ」是「誇大」，正確答案為選項4。

（ ）15 ワープロは文章の編集も保存も印刷もできる重宝な機械だった。

1 大事な　2 重たい　3 便利な　4 貴重な

中譯 文字處理機在過去是能夠編輯、存檔、列印文章的很方便的機器。

解析 題目句裡的「重宝」是「方便」的意思，選項裡的「大事」是「重要」；「重たい」是「沈重的」；「便利」是「方便」；「貴重」是「貴重」，正確答案為選項3。

（ ）16 ビザを更新するにはわずらわしい手続きが必要だ。

1 きびしい　2 めんどうな　3 あんいな　4 いそがしい

中譯 換簽證需要繁瑣的手續。

解析 題目句裡的「煩わしい」是「繁雜的」的意思，選項裡的「厳しい」是「嚴格的」；「面倒」是「麻煩」；「安易」是「輕鬆」；「忙しい」是「忙碌的」，正確答案為選項2。

（ ）17 だれが会長になるかでもめている。

1 意見が分かれている　　2 相談している
3 話し合っている　　4 考えている

中譯 為了誰要當董事長而爭執著。

解析 題目句裡的「もめる」是「爭執」的意思，選項裡的「意見が分かれる」是「意見分歧」；「相談する」是「商量」；「話し合う」是「討論」；「考える」是「思考」，正確答案為選項1。

（ ）18 父はあのニュースを見ていきどおっている。

1 悲しんでいる　　2 怒っている
3 喜んでいる　　4 心配している

中譯 父親看到那則新聞很氣憤。

解析 題目句裡的「憤る」是「氣憤」的意思，選項裡的「悲しむ」是「傷心」；「怒る」是「生氣」；「喜ぶ」是「開心」；「心配する」是「擔心」，正確答案為選項2。

（ ）19 外国旅行をするときには、あらかじめその国の歴史と地理などを調べておいたほうがいい。

1 くわしく　　2 できれば　　3 前もって　　4 何とか

中譯 旅行國外，要事先調查該國的歷史地理比較好。

解析 題目句裡的「あらかじめ」是「事先」的意思，選項裡的「詳しく」是「詳細地」；「できれば」是「可以的話」；「前もって」是「事先」；「何とか」是「想辦法」，正確答案為選項3。

問題Ⅳ **次の言葉の使い方として最もよいものを、1・2・3・4から一つ選びなさい。**（請從1・2・3・4當中選出一個以下單字最正確的用法。）

（　）20　応対（おうたい）

1 社長（しゃちょう）のお嬢（じょう）さんの結婚式（けっこんしき）に~~応対~~→招待（しょうたい）された。

2 相手（あいて）の出方（でかた）を見（み）ながら~~応対~~→対応（たいおう）する。

3 営業担当（えいぎょうたんとう）の彼（かれ）は応対（おうたい）が上手（じょうず）だ。

4 状況（じょうきょう）に~~応対~~→適応（てきおう）した対策（たいさく）を立（た）てる。

中譯 1 受邀參加社長千金的婚禮。
2 看對方的態度來對應。
3 負責業務的他，善於應對。
4 訂定符合狀況的處理方式。

解析 「応対（おうたい）」有「應對」、「接待」的意思。選項1應該改為「招待（しょうたい）」（邀請）；選項2應該改為「対応（たいおう）」（對應、對付）；選項4應該改為「適応（てきおう）」（適合）。正確答案為選項3。

（　）21　逃れる（のがれる）

1 秘密（ひみつ）のルートで海外（かいがい）に~~逃れた~~→逃（に）げた。

2 都会（とかい）を逃（のが）れて田舎（いなか）に住（す）んでいる。

3 ~~逃れずに~~→逃（に）げずに私（わたし）の質問（しつもん）に答（こた）えなさい。

4 あの人は最近私（さいきんわたし）を~~逃れて~~→避（さ）けている。

中譯 1 用祕密管道逃到國外。
2 逃離城市，住在鄉下。
3 不要逃避，回答我的問題！
4 那個人最近都躲著我。

解析 「逃れる（のがれる）」和「逃げる（にげる）」中文都說成「逃」，但是「逃げる（にげる）」是具體的逃亡、逃避，「逃れる（のがれる）」則是抽象的逃走、擺脫的意思，因此選項1、選項3都應該改成「逃げる（にげる）」。選項4則要改成「避ける（さける）」（避開）才恰當。正確答案為選項2。

（　）22　身近

1 ~~身近な~~→近い将来、会社を作る。

2 身近にあるものを使って、おもちゃを作った。

3 この学校は駅から~~身近だ~~→近い。

4 毎日利用する駅の~~身近に~~→近くに花屋がある。

中譯 1 在不久的將來要開一家公司。

2 使用身邊有的東西做了玩具。

3 這所學校離車站很近。

4 每天搭車的車站附近有花店。

解析 「身近」是「身邊」的意思，如果要表示時間或是距離上的「近」，應該使用「近い」才恰當。選項1應改為「近い」（不久）、選項3應改為「近い」（很近），選項4則要改為「近く」（附近）。正確答案為選項2。

（　）23　わざと

1 ~~わざと~~→わざわざ忘れ物を届けてくれた。

2 この洋服は~~わざと~~→特別にあつらえたものだ。

3 ~~わざと~~→特にこの点に注目してください。

4 時計をわざと遅らせる。

中譯 1 特地為我送來失物。

2 這套衣服是特別訂做的。

3 尤其這一點請特別注意。

4 刻意調慢時鐘。

解析 「わざと」是「故意」的意思，選項1應該改為「わざわざ」（特地）；選項2應該改為「特別に」（特別）；選項3應該改為「特に」（尤其）。正確答案為選項4。

(　) 24　びくびく

1 ~~びくびく~~→ぐずぐずしていると遅れるぞ。

2 もう~~びくびく~~→そろそろ帰ってくる頃だ。

3 一日中家で~~びくびく~~→ごろごろしている。

4 襲われるのではないかとびくびくしている。

中譯 1 再拖拖拉拉就會遲到喔！

2 差不多該是回家的時候了。

3 一整天在家裡無所事事。

4 「會不會被攻擊呀？」提心吊膽著。

解析 「びくびく」是「提心吊膽」的意思，選項1應該改為「ぐずぐず」（拖拖拉拉）；選項2應該改為「そろそろ」（差不多、就要）；選項3應該改為「ごろごろ」（無所事事）。正確答案為選項4。

(　) 25　繁盛（はんじょう）

1 店が繁盛して売り上げも増えてきた。

2 交通が~~繁盛~~→発達して便利になった。

3 科学技術はこれからも大いに~~繁盛~~→進歩するだろう。

4 会社の事業を~~繁盛~~→発展させるために、海外に支店を出す。

中譯 1 店裡生意興隆，營業額也漸漸增加了。

2 交通發達，變得很方便。

3 科技今後也會有很大的進步吧！

4 為了拓展公司事業，在海外成立分公司。

解析 「繁盛」是「生意興隆」的意思，選項2應該改為「発達」（發達）；選項3應該改為「進歩」（進步）；選項4應該改為「発展」（發展）。正確答案為選項1。

第二單元

言語知識（文法）

文法準備要領

新日檢N1的「言語知識」包含「文字・語彙」和「文法」二單元，和「讀解」合併為一節測驗，考試時間為110分鐘。其中「文法」部分有三大題，共20小題，如果相關句型夠熟悉，就不需要花去太多時間，且能迅速找出正確答案，也才能空下更多的時間來做閱讀測驗。此外，相關文法句型會不停地出現在閱讀測驗的文章中，文法愈熟練，當然對閱讀測驗也會有愈大的幫助。

本章裡的139個句型是將「日本語能力測驗出題基準」中的文法重新整理之後，加入了過去十年試題中所出現的「基準外」句型，再依出題形式及句型間的關聯性，將這些句型分為「一、接尾語・複合語；二、副助詞；三、複合助詞；四、接續用法；五、句尾用法」五大類。讀者只要依序讀下去，相信一定可以在最短的時間內記住相關句型。

正式進入文法句型之前，請先記住以下連接形式，這樣可以更快速地瞭解相關句型的連接方式！

基本詞性		
	動詞	書く（か）
	イ形容詞	高い（たか）
	ナ形容詞	元気（げんき）
	名詞	学生（がくせい）

常體

詞性	現在肯定	現在否定	過去肯定	過去否定
動詞	書(か)く	書(か)かない	書(か)いた	書(か)かなかった
イ形容詞	高(たか)い	高(たか)くない	高(たか)かった	高(たか)くなかった
ナ形容詞	元気(げんき)だ	元気(げんき)ではない	元気(げんき)だった	元気(げんき)ではなかった
名詞	学生(がくせい)だ	学生(がくせい)ではない	学生(がくせい)だった	学生(がくせい)ではなかった

名詞修飾形

詞性	現在肯定	現在否定	過去肯定	過去否定
動詞	書(か)く	書(か)かない	書(か)いた	書(か)かなかった
イ形容詞	高(たか)い	高(たか)くない	高(たか)かった	高(たか)くなかった
ナ形容詞	元気(げんき)な	元気(げんき)ではない	元気(げんき)だった	元気(げんき)ではなかった
名詞	学生(がくせい)の	学生(がくせい)ではない	学生(がくせい)だった	学生(がくせい)ではなかった

動詞連接形式

動詞詞性	連接
動詞辭書形	書(か)く
動詞ます形	書(か)き
動詞ない形	書(か)かない
動詞（ない）形	書(か)か
動詞た形	書(か)いた
動詞て形	書(か)いて
動詞ている形	書(か)いている
動詞假定形	書(か)けば
動詞意向形	書(か)こう

必考文法分析

一　接尾語・複合語　MP3-37

001　～まみれ

意義　滿是～、全是～

連接　【名詞】＋まみれ

例句
- 事故現場（じこげんば）に負傷者（ふしょうしゃ）が血（ち）まみれになって倒（たお）れている。
  傷者滿身是血地倒在意外現場。
- 工事現場（こうじげんば）で汗（あせ）まみれになって働（はたら）いている。
  在工地滿身是汗地工作著。
- 子供（こども）たちは公園（こうえん）で泥（どろ）まみれになって遊（あそ）んでいる。
  小孩子們在公園玩得滿身泥巴。

002　～ずくめ

意義　清一色～、淨是～

連接　【名詞】＋ずくめ

例句
- あの人（ひと）はいつも黒（くろ）ずくめのかっこうをしている。
  那個人總是一身黑的打扮。
- 今日（きょう）は一日中（いちにちじゅう）いいことずくめだ。
  今天一整天好事不斷。
- 今日（きょう）の夕食（ゆうしょく）はごちそうずくめだった。
  今天的晚餐全是山珍海味。

003 ～並み

意義 和～相同

連接 【名詞】＋並み

例句 ■ 彼のギターの技術はプロ並みだ。

他的吉他技術是職業級的。

■ 我が国の国民総生産額は先進国並みになった。

我國國民生產毛額變成和先進國家並駕齊驅。

■ スポーツは人並みにできる。

我運動只是普普通通。

004 ～ぐるみ

意義 整個～、包含～

連接 【名詞】＋ぐるみ

例句 ■ 家族ぐるみで北海道に旅行に行った。

全家人一起去北海道旅行。

■ 町ぐるみで反対運動をした。

全鎮進行反對運動。

■ 彼らとは家族ぐるみの交際をしている。

和他們是全家族的往來。

005 ～めく

意義 變成～、好像～的樣子

連接 【名詞】＋めく

例句 ■ 彼の言い方には皮肉めいたところがある。

他的講話方式，有點諷刺的感覺。

■ 日ごとに春めいてきた。

每天愈來愈有春天的感覺。

■ あそこに謎めいた女性が立っている。

那裡站著一位謎樣的女子。

006 ～ぶる

意義　裝作～

連接　【イ形容詞（～~~い~~）・名詞・ナ形容詞】＋ぶる

例句

■ 田中さんは悪ぶっているが、実は気が弱い。

田中先生裝得很壞，但其實很懦弱。

■ デートだから、上品ぶって少ししか食べなかった。

因為是約會，所以裝作很高雅，只吃了一點點。

■ 兄は学者ぶって解説を始めた。

哥哥擺出學者的架式開始解說。

007 ～っぱなし

意義　一直～（表放任不管）

連接　【動詞ます形】＋っぱなし

例句

■ 靴下は脱ぎっぱなしにしないでください。

襪子請不要脫了就不管。

■ うちのチームはずっと負けっぱなしだ。

我隊不停地輸。

■ 太郎は電気をつけっぱなしで寝てしまった。

太郎開著燈睡著了。

008 ～こなす

意義 熟練～、～自如

連接 【動詞ます形】＋こなす

例句 ■ 彼女(かのじょ)は３ヶ国語(さんこくご)を自由(じゆう)に使(つか)いこなす。

她三國語言運用自如。

■ 和服(わふく)を着(き)こなすのは難(むずか)しい。

要把和服穿得好很困難。

■ あの歌手(かしゅ)はどんな歌(うた)でも歌(うた)いこなせる。

那位歌手不管什麼歌都能唱得很好。

009 ～がい

意義 ～意義、～價值

連接 【動詞ます形・名詞】＋がい

例句 ■ やりがいがある仕事(しごと)を探(さが)したい。

想找值得做的工作。

■ この本(ほん)は読(よ)みがいがある。

這本書有看的價值。

■ あなたの生(い)きがいはなんですか。

你的生存價值是什麼呢？

010 ～がてら

意義 順便～

連接 【動詞ます形・名詞】＋がてら

例句 ■ 散歩(さんぽ)がてら、タバコを買(か)ってくる。

散步順便去買包菸。

■ 駅に行きがてら、郵便局に立ち寄る。

去車站，順便去一下郵局。

■ 図書館へ本を返しに行きがてら、山田さんを訪ねた。

去圖書館還書，順道拜訪了山田先生。

011 ～かたがた

意義 順便～（比句型 010 「～がてら」更禮貌的說法）

連接 【名詞】＋かたがた

例句 ■ 就職のあいさつかたがた、恩師のうちを訪ねた。

報告找到工作的消息，順便到老師家拜訪。

■ お祝いかたがた、お伺いしました。

跟您祝賀，順便拜訪一下。

■ お礼かたがた、ご機嫌伺いをして来よう。

道謝順便問聲好。

012 ～極まる / ～極まりない

意義 極為～、非常～

連接 【ナ形容詞】＋極まる・極まりない

例句 ■ あの人の態度は失礼極まる。

那個人的態度極不禮貌。

■ 試合に負けてしまって、残念極まりない。

輸了比賽，非常遺憾。

■ あの人との話は不愉快極まりない。

和那個人的談話極為不愉快。

013 ～あっての

意義 有～才有～

連接 【名詞】＋あっての＋【名詞】

例句

■ 選手あっての監督ですね。

有選手才有教練呀！

■ お客様あっての仕事ですから、お客様を大切にしています。

有客人才有工作，所以我都會好好對待客人。

■ あなたあっての私です。あなたがいなかったらと思うと……。

有你才有我。一想到如果你不在的話……。

014 ～たる

意義 作為～、身為～

連接 【名詞】＋たる＋【名詞】

例句

■ 学生たる者は勉強すべきである。

身為學生，就應該要讀書。

■ あんな人には国会議員たる資格はない。

那種人沒有擔任國會議員的資格。

■ 教師たる者は、生徒の模範とならなければならない。

身為教師，一定要當學生的模範。

015 ～まじき

意義 不應該～、不可以～

連接 【動詞辭書形】＋まじき＋【名詞】（「する」常用「すまじき」形式）

例句
- それは学生(がくせい)としてあるまじき行為(こうい)だ。
  那是身為學生不應有的行為。
- あの大臣(だいじん)は言(い)うまじきことを言(い)ってしまい、辞職(じしょく)に追(お)いやられた。
  那位大臣說了不該說的話，被迫辭職了。
- 社長(しゃちょう)の命令(めいれい)を無視(むし)するとは、社員(しゃいん)にあるまじき態度(たいど)だ。
  無視社長的命令，是員工不該有的態度。

二　副助詞 MP3-38

016 〜すら

意義　甚至〜、連〜

連接　【名詞】＋すら

例句
- 太郎君は寝る時間すら惜しんで、勉強している。
  太郎同學連要睡覺的時間都很珍惜地在讀書。
- そんなことは子供ですら知っている。
  那種事連小孩子都知道。
- そのことは親にすら話していない。
  那件事我連父母都沒說過。

017 ただ〜のみ

意義　只是〜、只有〜

連接　ただ＋【動詞常體・イ形容詞常體・名詞・ナ形容詞】＋のみ

例句
- 試験を受けたら、ただ合格通知を待つのみだ。
  考完的話，就只有等待成績單了。
- 部下はただ命令に従うのみだ。
  部下就是只有聽從命令。
- 父はただ１度のみ泣いたことがある。
  父親只哭過一次。

018 ただ～のみならず

意義 不僅～

連接 ただ＋【動詞常體・イ形容詞常體・名詞・ナ形容詞】＋のみならず

例句
- ただ雨のみならず、風も吹いてきた。
  不僅下雨，連風都吹起來了。
- ただ台北市民のみならず、大都市の住民にとって、環境問題は頭が痛い。
  不僅台北市民，對於大城市的居民來說，環境問題很頭痛。
- その問題はただ本人のみならず、学校にも責任がある。
  那個問題不只是本人，學校也有責任。

019 ひとり～のみならず

意義 不僅～（較句型 018 「ただ～のみならず」文言）

連接 ひとり＋【動詞常體・イ形容詞常體・名詞・ナ形容詞】＋のみならず

例句
- ごみの問題は、ひとりわが国のみならず、全世界の問題でもある。
  垃圾問題不僅是我國，也是全世界的問題。
- その問題は、ひとり田中さんが抱えているのみならず、社員全体にも共通の問題である。
  那個問題不是只有田中先生有，也是全體員工共通的問題。
- 喫煙は、ひとり本人に有害であるのみならず、周囲の者にとっても同様である。
  抽菸，不只對自己有害，對周圍的人也一樣。

020 ～からある／～からの

意義　超過～、至少有～

連接　【名詞】＋からある・からの

例句
- ３０(さんじゅっ)キロからある荷物(にもつ)を背負(せお)って、歩(ある)いてきた。
  背著至少有三十公斤的行李走過來。
- 1000人(せんにん)からの人(ひと)が集(あつ)まった。
  聚集了上千人。
- 2万人(にまんにん)からの署名(しょめい)を集(あつ)めた。
  收集到了超過二萬人的連署。

021 ～とは

意義　竟然～（表驚訝）

連接　【常體】＋とは

例句
- あの女優(じょゆう)が結婚(けっこん)していたとは知(し)らなかった。
  那個女演員居然結婚了，我都不知道。
- ここで君(きみ)に会(あ)うとは思(おも)ってもみなかった。
  居然會在這裡見到你，真是想都沒想過。
- 彼(かれ)が来(く)るとは驚(おどろ)いた。
  他竟然要來，嚇了一跳。

022 ～たりとも

意義　即使～也～、連～

連接　【名詞】＋たりとも

例句
- 一刻(いっこく)たりとも油断(ゆだん)できない。
  一刻都不容大意。

■ 試験までは1日たりとも勉強を休むわけにはいかない。

到考試為止一天都不能休息。

■ 間違いは1字たりとも許さない。

錯誤連一個字都不容許。

023 ～ばこそ

意義 正因為～才～

連接 【動詞假定形】＋こそ

例句 ■ あなたの将来のことを考えればこそ、こんなに厳しく言うのだ。

正因為想到你的將來，才會說得這麼嚴厲。

■ 子供のことを思えばこそ、我慢してきた。

就是因為考慮到孩子，才忍到現在。

■ 今までの努力があればこそ、今の成功があるのだ。

正因為一直努力到現在，才會有今日的成功。

024 ～だに

意義 連～都～、光～就～

連接 【動詞辭書形・名詞】＋だに

例句 ■ このような事故が起きるとは想像するだにしなかった。

居然會發生這樣的意外，連想都沒想過。

■ 無差別殺人事件は聞くだに恐ろしい。

隨機殺人事件光聽就很恐怖。

■ 優勝するなんて、夢にだに思わなかった。

做夢都想不到居然會得冠軍。

025 ～なりに／～なりの

意義 獨特的、與～相符合的

連接 【名詞】＋なりに・なりの

例句
- この件（けん）について、私（わたし）なりに少（すこ）し考（かんが）えてみた。
  關於這件事，我個人稍微想了一下。
- 子供（こども）は子供（こども）なりの見方（みかた）がある。
  小孩子有小孩子的看法。
- 私（わたし）なりの判断（はんだん）がある。
  我有我的判斷。

026 ～つ～つ

意義 又～又～（表動作舉例）

連接 【動詞ます形】＋つ＋【動詞ます形】＋つ

例句
- 行（ゆ）きつ戻（もど）りつしながら、待（ま）っている。
  走來走去地等著。
- 子供（こども）たちは公園（こうえん）で追（お）いつ追（お）われつ、楽（たの）しそうに駆（か）け回（まわ）っている。
  小朋友們在公園裡追來追去，快樂地奔跑著。
- お互（たが）い持（も）ちつ持（も）たれつ、助（たす）け合（あ）いましょう。
  互相扶持、互相幫助吧！

027 ～だの～だの

意義 又是～又是～、～啦～啦

連接 【常體】＋だの＋【常體】＋だの（名詞後不用另外再加常體語尾「だ」）

例句
- 鈴木（すずき）さんは風邪（かぜ）を引（ひ）いただのおなかが痛（いた）いだのと言（い）って、よく会社（かいしゃ）を休（やす）む。
  鈴木小姐常常說感冒啦、肚子痛啦，沒來上班。
- 僕（ぼく）の毎月（まいつき）の給料（きゅうりょう）は、漫画（まんが）だのＤＶＤ（ディーブイディー）だので消（き）えていく。
  我每個月的薪水都在漫畫、DVD上花掉了。
- あれがほしいだのこれがほしいだの、欲張（よくば）りなやつだな。
  那個也想要這個也想要，真是貪心的傢伙呀！

028 ～のやら～のやら

意義 是～還是～

連接 【動詞常體・イ形容詞常體・ナ形容詞＋な】＋のやら＋【動詞常體・イ形容詞常體・ナ形容詞＋な】＋のやら

例句
- 太郎（たろう）は部屋（へや）にいるけど、勉強（べんきょう）しているのやら、していないのやら、まったくわからない。
  太郎雖然在房間裡，但是是在讀書還是沒在讀書，完全不知道。
- やりたいのやら、やりたくないのやら、あの人（ひと）の気持（きも）ちはよくわからない。
  是想做還是不想做，他的想法真是搞不懂。
- いいのやら悪（わる）いのやら、仕事（しごと）がないので毎日友（まいにちとも）だちと遊（あそ）んでいる。
  不知是好還是壞，因為沒工作，每天跟朋友在玩。

三 複合助詞

（一）「を～」類 MP3-39

029 ～を限(かぎ)りに

意義 以～為限、～為止

連接 【名詞】＋を限(かぎ)りに

例句

- 今日(きょう)を限(かぎ)りに、タバコをやめることにした。
  決定到今天為止，不要再抽菸了。
- 「助(たす)けて！」と、彼女(かのじょ)は声(こえ)を限(かぎ)りに叫(さけ)んだ。
  她大聲地叫：「救命呀！」
- 卒業(そつぎょう)を限(かぎ)りに、まったく連絡(れんらく)し合(あ)わなくなったクラスメートもいる。
  也有畢業後就互相沒再聯絡過的同學。

030 ～をおいて

意義 除了～以外沒有～

連接 【名詞】＋をおいて

例句

- この仕事(しごと)をやれる人(ひと)は彼(かれ)をおいて、ほかにはいないだろう。
  能做這件工作的人除了他以外，沒有別人了吧！
- 先輩(せんぱい)をおいて、ほかに相談(そうだん)する人(ひと)はいない。
  除了學長，沒有其他人可以商量。
- 彼女(かのじょ)をおいて、適任者(てきにんしゃ)はいない。
  除了她以外，沒有合適的人。

031 ～をもって

意義　以～、用～

連接　【名詞】＋をもって

例句
- 彼女は優秀な成績をもって卒業した。
  她以優秀的成績畢業了。
- 本日の営業は午後9時をもって終了させていただきます。
  今天的營業將在晚上九點結束。
- これをもって閉会とします。
  會議到此為止結束。

032 ～をよそに

意義　不顧～、無視～

連接　【名詞】＋をよそに

例句
- あの子は親の心配をよそに、遊んでばかりいる。
  那孩子不管父母的擔心，成天都在玩。
- 住民の不安をよそに、ダムの建設が始まった。
  無視居民的不安，水庫的建設開始了。
- 彼は親の期待をよそに、大手企業を退職し、小さな店を開いた。
  他不顧父母的期待，離開了大企業，開了一家小店。

033 ～を兼ねて

意義　兼～

連接　【名詞】＋を兼ねて

例句
- 観光を兼ねて、ヨーロッパへ研修に行った。
  去歐洲研習順便觀光。
- 趣味と実益を兼ねて、日本語を勉強している。
  兼具興趣及實質的利益而學日文。
- 体育館が集場を兼ねている。
  體育館兼做禮堂。

034 ～を踏まえて

意義　依據～、按照～

連接　【名詞】＋を踏まえて

例句
- 前回の議論を踏まえて、議事を進めます。
  依照前次的討論進行議事。
- 調査結果を踏まえて報告書をまとめる。
  根據調查結果彙整成報告書。
- 実際に起こった出来事を踏まえて、ドキュメンタリー映画が作られた。
  依照實際發生的事情被製作了紀錄片。

035 ～を皮切り（かわき）に（して）／～を皮切り（かわき）として

意義 以～為開端

連接 【名詞】＋を皮切り（かわき）に（して）．を皮切り（かわき）として

例句
- 田中（たなか）さんの発言（はつげん）を皮切り（かわき）にして、みんなが次々（つぎつぎ）に意見（いけん）を言（い）った。
  從田中先生的發言開始，大家一個接著一個地說了意見。
- あのピアニストは大阪（おおさか）を皮切り（かわき）に、各地（かくち）で演奏会（えんそうかい）を開（ひら）く。
  那位鋼琴家從大阪開始，要在各地舉行演奏會。
- 京都会議（きょうとかいぎ）の開催（かいさい）を皮切り（かわき）に、各国（かっこく）の環境問題（かんきょうもんだい）への関心（かんしん）が高（たか）まった。
  從召開京都會議開始，各國對於環境問題的關注升高了。

036 ～をものともせずに

意義 不在乎～

連接 【名詞】＋をものともせずに

例句
- 周囲（しゅうい）の批判（ひはん）をものともせずに、彼（かれ）は実験（じっけん）を続（つづ）けた。
  不在乎周遭的批評，他持續實驗。
- 田中選手（たなかせんしゅ）はひざのけがをものともせずに、試合（しあい）に出場（しゅつじょう）した。
  田中選手不在乎膝蓋的傷，出場比賽了。
- 彼女（かのじょ）は親（おや）の反対（はんたい）をものともせずに、留学（りゅうがく）を決（き）めた。
  她不在乎父母的反對，決定留學了。

（二）「に～」類 MP3-40

037 ～にあって

意義　在～

連接　【名詞】＋にあって

例句

■ この非常時にあって、平気でいられることが大切だ。

在這個非常時刻，能平心靜氣是很重要的。

■ 父は病床にあっても、子供たちのことを気にかけている。

父親即使臥病在床，還是很關心孩子們。

■ この病院は心臓移植の分野にあっては、世界的に有名である。

這家醫院在心臟移植的領域上世界知名。

038 ～にして

意義　①以～才～

②既是～又是～

連接　【名詞】＋にして

例句

■ 人間７０歳にして、初めてできることもある。

有些事，是人到七十歲才第一次能做到。

■ 彼は医者にして、詩人でもある。

他既是醫生，又是詩人。

■ この年にして、初めて人生のありがたさがわかった。

到了這個年紀，才第一次瞭解到人生的可貴。

039 ～に至って／～に至る／～に至るまで

意義 直到～

連接 【動詞辭書形・名詞】＋に至って・に至る・に至るまで

例句
- 自殺者が出るに至って、関係者は初めて事の重大さを知った。
  直到有人自殺，相關人員才開始知道事情的嚴重。
- あの会社は、拡大を続けて海外進出に至った。
  那間公司持續擴大，甚至擴張到國外。
- うちの学校は、髪の毛の長さから靴下の色に至るまで規定している。
  我們學校，從頭髮的長度一直到襪子的顏色，都有規定。

040 ～に即して／～に即した

意義 按照～、依據～

連接 【名詞】＋に即して

例句
- ルール違反の者を、校則に即して処分する。
  違反規定者，會依校規處分。
- 現実に即してプランを考える。
  依據現實思考計畫。
- 経験に即して、それもあり得ることだ。
  依經驗，那也是有可能的。

041 ～にひきかえ

意義 和～相反、與～不同

連接 【名詞】＋にひきかえ

例句

■ 兄（あに）にひきかえ、弟（おとうと）はとてもおとなしい。
和哥哥相反，弟弟非常乖。

■ 冷夏（れいか）だった去年（きょねん）にひきかえ、今年（ことし）はとても暑（あつ）い。
和去年的冷夏不同，今年非常熱。

■ 去年（きょねん）にひきかえ、今年（ことし）は大変好調（たいへんこうちょう）だ。
和去年相反，今年相當順利。

042 ～にもまして

意義 更加～

連接 【名詞】＋にもまして

例句

■ 以前（いぜん）にもまして、彼（かれ）は日本語（にほんご）の勉強（べんきょう）に励（はげ）んでいる。
他比以前還努力地學日文。

■ 試験（しけん）に受（う）かったことが、何（なに）にもましてうれしい。
考試考上了，比什麼都還開心。

■ 以前（いぜん）にもまして、不安感（ふあんかん）が募（つの）る。
比以前更感到不安。

043 ～にかまけて

意義 忙著～、只顧著～

連接 【名詞】＋にかまけて

例句

■ 仕事（しごと）にかまけて、家庭（かてい）のことを振（ふ）り向（む）く余裕（よゆう）もなかった。
以前只顧著工作，沒空顧及家裡的事情。

■ 子供（こども）にかまけて本（ほん）も読（よ）めない。

忙著照顧小孩，連書都沒辦法看。

■ クラブ活動（かつどう）にかまけていると、勉強（べんきょう）がおろそかになりがちだ。

只顧著社團活動，容易忽略唸書。

044 ～にかけても

意義 就算賭上～也～

連接 【名詞】＋にかけても

例句 ■ 名誉（めいよ）にかけてもやる。

就算賭上名譽也要做。

■ 面子（めんつ）にかけても約束（やくそく）は守（まも）る。

就算賭上面子，約定也要遵守。

■ 命（いのち）にかけてもこの秘密（ひみつ）は守（まも）る。

就算賭上性命，這個祕密也要保守。

045 ～に先駆（さきが）けて

意義 領先～

連接 【名詞】＋に先駆（さきが）けて

例句 ■ その会社（かいしゃ）は他社（たしゃ）に先駆（さきが）けて、スマートフォンを開発（かいはつ）した。

那家公司領先其他公司，開發了智慧型手機。

■ その商品（しょうひん）は全国発売（ぜんこくはつばい）に先駆（さきが）けて、当店（とうてん）での先行発売（せんこうはつばい）が決（き）まった。

那項產品確定會領先全國在本店先行發售。

■ 他社（たしゃ）に先駆（さきが）けて、低公害車（ていこうがいしゃ）を売（う）り出（だ）す。

領先其他公司，推出了環保車款。

046 ～にかかわる

意義 有關～、關係到～

連接 【名詞】＋にかかわる

例句

■ 命にかかわる病気をした。

得了攸關性命的病。

■ 教育は子供の将来にかかわることだ。

教育是關係到小孩未來的事。

■ 貿易にかかわる仕事がしたい。

想做和貿易有關的工作。

047 ～にとどまらず

意義 不僅～還～

連接 【動詞辭書形・名詞】＋にとどまらず

例句

■ 老人、子供にとどまらず、若者までインフルエンザに感染した。

不只老人、小孩，連年輕人都感染了流感。

■ そのアイドルグループの人気は韓国だけにとどまらず、アジアの国々にも広まった。

那個偶像團體的人氣不僅是韓國，還遍及亞洲各國。

■ その流行は大都市にとどまらず、地方にも広がっていった。

那個流行趨勢不只大都市，還擴大到了鄉下地方。

048 ～に～かねて

意義 難以～、無法～

連接 【動詞辭書形】＋に＋【動詞ます形】＋かねて

例句

■ 見るに見かねて彼の手助けをした。
看不下去了，所以幫了他。

■ 就職か進学か決めるに決めかねている。
要就業還是升學，難以決定。

■ 見るに見かねてアドバイスをした。
看不下去了，所以給了建議。

049 ～に～を重ねて

意義 ～又～、～再～

連接 【名詞】＋に＋【名詞】＋を重ねて

例句

■ 実験に実験を重ねて、やっと成功した。
實驗再實驗，終於成功了。

■ 鈴木さんは練習に練習を重ねて、ついにプロ野球選手になった。
鈴木先生練習又練習，終於成為職棒選手。

■ 努力に努力を重ねて、台湾大学に合格した。
努力再努力，考上了台灣大學。

050 ～につけ～につけ

意義 無論～、不管～

連接 【常體】＋につけ＋【常體】＋につけ

例句
- 兄弟（きょうだい）は良（よ）きにつけ悪（あし）きにつけ比較（ひかく）されがちだ。
  兄弟無論好壞都容易被拿來比較。
- 祖母（そぼ）は体（からだ）の調子（ちょうし）がいいにつけ悪（わる）いにつけ、神社（じんじゃ）に行（い）って手（て）を合（あ）わせている。
  祖母無論身體好壞，都會去神社拜拜。
- いいにつけ悪（わる）いにつけ子供（こども）は親（おや）の影響（えいきょう）を受（う）けるものだ。
  無論好壞，小孩都會受到父母的影響。

（三）其他複合助詞 MP3-41

051 ～とあって

意義 由於～（表原因）

連接 【常體】＋とあって（「だ」常省略）

例句
- 連休(れんきゅう)とあって、遊園地(ゆうえんち)は賑(にぎ)わっている。
  由於是連續假日，遊樂場非常熱鬧。
- 年(ねん)に１度(いちど)のお祭(まつ)りとあって、町(まち)の人(ひと)はみんな神社(じんじゃ)へ集(あつ)まった。
  由於是一年一次的祭典，鎮上的人全都往神社聚集。
- 久(ひさ)しぶりの再会(さいかい)とあって、ちょっと緊張(きんちょう)している。
  由於是久別重逢，有點緊張。

052 ～とあれば

意義 如果～（表假定）

連接 【常體】＋とあれば（「だ」常省略）

例句
- 子供(こども)のためとあれば、何(なん)でもするつもりだ。
  如果是為了小孩，我什麼都打算做。
- あいつは金(かね)のためとあれば、何(なん)でもやるだろう。
  那傢伙為了錢的話，什麼事都做得出來吧！
- 必要(ひつよう)とあれば、すぐに伺(うかが)います。
  如果需要的話，立刻去拜訪您。

053 ～と相(あい)まって

意義 與～相配合、和～一起（表相輔相成）

連接 【名詞】＋と相(あい)まって

例句 ■ 才能が人一倍の努力と相まって、今日の成功を見た。

天份再加上多人家一倍的努力，才有今天的成功。

■ その店の開店日には日曜日と相まって、大勢の客が来た。

那家店開幕日加上是星期天，來了許多客人。

■ 国の政策が国民の努力と相まって、その国は急速な発展を遂げた。

國家的政策再加上國民的努力，那個國家達成了急速的發展。

054 ～の至り

意義 ～之至、非常～

連接 【名詞】＋の至り

例句 ■ 皆さんが出席してくださいまして、感激の至りです。

各位能夠出席，我真是非常感動。

■ この賞をいただきまして、光栄の至りでございます。

得到這個獎，真是光榮之至。

■ お忙しいところをお邪魔して、恐縮の至りです。

百忙之中打擾您，惶恐之至。

055 ～の極み

意義 極為～

連接 【名詞】＋の極み

例句 ■ この世の幸せの極みとは何でしょうか。

這世上最幸福的事是什麼呢？

■ ここで断念するのは遺憾の極みだ。

在這裡放棄，真是非常遺憾。

■ 何10万円もするバッグを買うなんて、ぜいたくの極みだ。

連要幾十萬的包包也買，真是奢侈到了極點。

056 ～はさておき

意義 ～先不提、～先擺一邊

連接 【名詞】＋はさておき

例句 ■ 仕事の問題はさておき、今の彼には健康を取り戻すことが第一だ。

工作的問題先擺一邊，對於現在的他來說，恢復健康是當務之急。

■ 冗談はさておき、本題に移りたい。

先不開玩笑，我想直接進入正題。

■ この話はさておき、教科書を見てください。

這件事先不談，請看課本。

057 ～はおろか

意義 不用說～連～

連接 【名詞】＋はおろか

例句 ■ 彼は日本に5年もいたのに、簡単な会話はおろか、日本語であいさつもできない。

他明明待在日本也有五年了，但是不要說簡單的對話，就連用日文打招呼都不會。

■ 私は家はおろか、車も買えない。

我不要說房子，連車子都買不起。

■ 金はおろか、命まで奪われた。

不要說錢，連命也被奪走了。

四　接續用法 MP3-42

058 ～が早いか

意義　一～就～

連接　【動詞辭書形・た形】＋が早いか

例句
- 終了のベルが鳴るが早いか、弁当を出して食べ始めた。
  下課鐘一響起，就拿出便當開始吃了。
- あの子は帰るが早いか、遊びに出かけた。
  那孩子一回家，就跑出去玩了。
- 聞くが早いか、家を飛び出した。
  一聽到，就立刻衝出了家門。

059 ～や否や／～や

意義　一～就～

連接　【動詞辭書形】＋や否や・や

例句
- 車が止まるや否や飛び降りた。
  車子剛停，就立刻跳下車。
- 部長は事務室に戻るや否や、あちこちに電話をかけ始めた。
  部長一回到辦公室，就開始到處打電話。
- 太郎は起きるや飛び出していった。
  太郎一起床就衝出門了。

060 ～なり

意義 一～就～

連接 【動詞辭書形】＋なり

例句

- 花子はビールを一口飲むなり、吐き出した。
  花子剛喝了一口啤酒，就吐了出來。
- 太郎は帰るなり、部屋へ閉じこもってしまった。
  太郎一回家，就關在房間不出來。
- 一目見るなり、病気だとわかった。
  看一眼，就知道生病了。

061 ～そばから

意義 一～就～（表反覆的動作）

連接 【動詞辭書形．た形】＋そばから

例句

- 商品を店頭に並べるそばから、売れていった。
  商品一上架，就銷售一空。
- 部屋を片付けるそばから、子供が散らかす。
  剛整理好房間，小孩就弄得亂七八糟。
- 習うそばから忘れる始末だ。
  才剛學，立刻就忘了。

062 ～かたわら

意義 一面～一面～

連接 【動詞辭書形．名詞＋の】＋かたわら

例句

- 私は昼間は工場で働くかたわら、夜は学校に通い勉強している。
  我一面白天在工廠工作，一面晚上在讀夜校。

- 太郎は大学に通うかたわら、塾で英語の講師をしている。

  太郎一面讀大學，一面在補習班當英文老師。

- 勉強のかたわら、家の仕事を手伝っている。

  一面讀書，一面幫忙家裡的工作。

063 ～ところを

意義 ～之中、～之時

連接 【名詞修飾形】＋ところを

例句

- お忙しいところをすみません。

  百忙之中，很抱歉。

- お仕事中のところをお邪魔してすみません。

  工作中還打擾你，很抱歉。

- 危ないところを助けていただき、本当にありがとうございました。

  在危險的時候獲得您的幫助，真是非常感謝。

064 ～たが最後／～たら最後

意義 一旦～的話、一～就完了

連接 【動詞た形】＋が最後・ら最後

例句

- 彼は寝入ったが最後、どんなことがあっても、絶対に目を覚まさない。

  他一旦睡著了，不管發生什麼事，絕對都醒不過來。

- 課長はマイクを握ったが最後、決して放そうとはしない。

  課長一旦拿到麥克風，絕對不會放手。

- 行ったら最後、二度と戻っては来られない。

  去了之後，就再也回不來。

065 ～なくして（は）

意義　失去～、沒有～

連接　【名詞】＋なくして（は）

例句
- 親の愛情なくしては、子供は育たない。
  沒有父母親的愛，小孩不會成長。
- 皆様のご協力なくしては、成功できなかったでしょう。
  沒有各位的協助，是不會成功的吧！
- 親の援助なくしては、生きてはいけない。
  沒有父母的幫助，無法活下去。

066 ～なしに（は）

意義　沒有～（同句型 067「～ことなしに」）

連接　【名詞】＋なしに（は）

例句
- 許可なしに、この部屋に入らないでください。
  沒有許可，請不要進入這個房間。
- 約束なしに突然訪ねても、社長には会えないだろう。
  沒有約就突然拜訪，也見不到社長吧。
- 彼は連絡なしに会社を休んだ。
  他完全沒聯絡就沒來公司。

067 ～ことなしに

意義　不～、沒有～（同句型 066「～なしに（は）」）

連接　【動詞辭書形】＋ことなしに

例句
- 努力することなしに、成功できるはずがない。
  沒有努力，就不可能會成功。

■ 4時間、休むことなしに働いた。

沒有休息持續工作四個小時。

■ 彼は連絡することなしに会社を休んだ。

他完全沒聯絡就沒來公司。

068 ～ともなく／～ともなしに

意義　無意間～、不經意地～

連接　【動詞辭書形】＋ともなく・ともなしに

例句 ■ 見るともなくテレビを見ていたら、友人が番組に出ていた。

看著電視無意間，朋友出現在節目中。

■ 日曜日は何をするともなしに、ぼんやり過ごしてしまった。

星期天沒有做什麼，無意間一天就糊里糊塗地過去了。

■ ラジオを聞くともなく聞いていたら、地震のニュースが耳に入ってきた。

聽收音機無意間，聽到了地震的消息。

MP3-43

069 ～もさることながら

意義　～就不用說了、～也不容忽視

連接　【名詞】＋もさることながら

例句 ■ あのレストランは料理もさることながら、眺めもすばらしい。

那家餐廳的菜沒話說，風景也很棒。

■ 彼は英語もさることながら、日本語も堪能だ。

他英文沒話說，日文也很棒。

■ 親の期待もさることながら、学校の先生からの期待も大きい。

不用說父母的期待，學校老師也有相當大的期待。

070 ～ながらに

意義 ～著、保持～狀態、同時～

連接 【動詞ます形・名詞】＋ながらに

例句
- 家(いえ)にいながらにして、インターネットで買(か)い物(もの)ができる。
  人在家中，用網路就能購物。
- 彼女(かのじょ)には生(う)まれながらに備(そな)わっている才能(さいのう)がある。
  她有與生俱來的才能。
- 彼女(かのじょ)は涙(なみだ)ながらに事件(じけん)の状況(じょうきょう)を語(かた)った。
  她流著眼淚，訴說了案發的狀況。

071 ～ながらも

意義 雖然～可是～（表逆態接續）

連接 【動詞ます形・イ形容詞・ナ形容詞・名詞】＋ながらも

例句
- 新(あたら)しい事務所(じむしょ)は狭(せま)いながらも、駅(えき)に近(ちか)い。
  新辦公室雖然小，但離車站很近。
- このカメラは小型(こがた)ながらも、優(すぐ)れた機能(きのう)を備(そな)えている。
  這台相機雖然是小型的，但具備優異的功能。
- 貧(まず)しいながらも幸(しあわ)せに暮(く)らしている。
  雖然貧窮，但過著幸福的日子。

072 ～とはいえ

意義 雖說～但是～（表逆態接續）

連接 【常體】＋とはいえ（名詞後的「だ」常省略）

例句
- 日曜日(にちようび)とはいえ、働(はたら)かなければならない。
  雖然說是星期天，但還是得工作。

■ 彼は大学生とはいえ、高級車を持っている。

他雖然是個大學生，但擁有高級車。

■ 休みたいとはいえ、休むわけにはいかない。

雖說想休息，但不能休息。

073 ～といえども

意義　雖說～、即使～（表逆態接續）

連接　【常體】＋といえども（名詞後的「だ」常省略）

例句　■ 国王といえども、法は犯せない。

即使是國王，也不能犯法。

■ 子供といえども、これを知っている。

就算是小孩，也知道這個。

■ 関係者といえども、入ることはできない。

即使是相關人員，也不能進入。

074 ～と思いきや

意義　原以為～誰知道～

連接　【常體】＋と思いきや（名詞後的「だ」常省略）

例句　■ 雨が止んだと思いきや、また降り出してきた。

本以為雨停了，結果又下起來了。

■ 独身と思いきや、結婚していて 3 人の子供もいた。

本以為單身，結果已經結了婚、還有三個小孩。

■ 頑固な父は反対するかと思いきや、何も言わずにうなづいた。

本以為頑固的父親會反對，但卻什麼也沒說地點頭了。

075 ～ものを

意義 明明～可是～（表逆態接續）

連接 【名詞修飾形】＋ものを

例句
- すぐに病院（びょういん）に行（い）けばいいものを、行（い）かなかったから、ひどくなってしまった。
  明明立刻去醫院就好了，但是因為沒有去，結果變嚴重了。
- 早（はや）く来（き）てくれればいいものを……。
  你要是早點來就好了呀……。
- やればできるものを、やらなかった。
  如果做的話就做得到，但是沒做。

076 ～たところで

意義 即使～

連接 【動詞た形】＋ところで

例句
- 今（いま）から走（はし）って行（い）ったところで、もう間（ま）に合（あ）わないだろう。
  就算現在跑過去，也已經來不及吧！
- どんなにがんばったところで、彼（かれ）に敵（かな）うはずがない。
  不管再怎麼努力，都不可能比得上他。
- あの人（ひと）に頼（たの）んだところで、どうにもならないだろう。
  就算拜託那個人，也改變不了什麼吧！

077 ～としたところで / ～にしたところで / ～としたって / ～にしたって

意義 儘管～、即使～也～

連接 【常體】＋としたところで・にしたところで・としたって・にしたって（名詞後的「だ」常省略）

例句 ■ 今(いま)さら説明(せつめい)しようとしたところで、分(わ)かってはもらえないだろう。

事到如今即使想要解釋，也不會被接受吧！

■ 理由(りゆう)があるにしたって、人(ひと)を傷(きず)つけてはいけない。

就算有理由，也不可以傷害人。

■ 私(わたし)としたところで、それほど自信(じしん)はない。

就算是我，也沒那麼有自信。

078 ～（よ）うが / ～（よ）うと

意義 即使～也～、不管是～（類似句型 079，但本句型的句中會有疑問詞）

連接 【動詞意向形】＋が・と

【イ形容詞（～~~い~~）】＋かろう＋が・と

【ナ形容詞・名詞】＋だろう＋が・と

例句 ■ 別(わか)れた恋人(こいびと)が誰(だれ)と結婚(けっこん)しようが、私(わたし)とはもう関係(かんけい)ない。

分手的情人要和誰結婚，跟我已經沒關係了。

■ どんなに辛(つら)かろうが、我慢(がまん)してください。

不管多難過，都請忍耐。

■ 何(なに)をしようと私(わたし)の勝手(かって)だ。

不管要做什麼，我愛怎樣就怎樣。

079 ～（よ）うが～まいが / ～（よ）うと～まいと

意義 不管要～不要～、不管會～不會～

（類似句型 078，但本句型句中不會出現疑問詞）

連接 【動詞意向形】＋が・と＋【動詞まい形】＋が・と

例句
- 君が行こうが行くまいが、私には関係ない。
  不管你要不要去，都和我沒關係。
- 雨が降ろうが降るまいが、出かけます。
  不管會不會下雨，都要出門。
- 彼が出席しようとしまいと、僕の知ったことではない。
  他要不要出席，不是我知道的事。

080 ～であれ

意義 無論～都～（類似句型 081，但本句型的句中會有疑問詞）

連接 【名詞】＋であれ

例句
- それが何であれかまわない。
  不管那是什麼都不在意。
- ドアのところにいる人が誰であれ、待つように言ってください。
  無論在門口的人是誰，都請叫他等一下！
- たとえ天候はどうであれ、私は行きません。
  無論天候如何，我都不會去。

MP3-44

081 ～であれ～であれ

意義 無論～還是～，都～（類似句型 080，但本句型句中不會出現疑問詞）

連接 【名詞】＋であれ＋【名詞】＋であれ

例句
- 晴天（せいてん）であれ雨天（うてん）であれ、計画（けいかく）は変更（へんこう）しない。
  無論晴天還是雨天，計畫都不會改變。
- 大人（おとな）であれ子供（こども）であれ、交通規則（こうつうきそく）は守（まも）らなければならない。
  無論大人還是小孩，交通規則都一定要遵守。
- 男（おとこ）であれ女（おんな）であれ、服装（ふくそう）に気（き）を配（くば）るべきだ。
  無論男性還是女性，都應該注意服裝。

082 ～なり～なり

意義 或是～或是～、～也好～也好

連接 【動詞辭書形・名詞】＋なり＋【動詞辭書形・名詞】＋なり

例句
- この野菜（やさい）は茹（ゆ）でるなり炒（いた）めるなりして食（た）べてください。
  這個蔬菜請燙來吃或炒來吃。
- 困（こま）っているなら、先生（せんせい）なり先輩（せんぱい）なりに相談（そうだん）しなさい。
  不知道該怎麼辦的話，找老師或是學長商量。
- 中（なか）から1（ひと）つなり2（ふた）つなり、持（も）って行（い）ってください。
  請從中拿一、二個去。

083 ～といい～といい

意義 ～也好～也好（用於給予評價）

連接 【名詞】＋といい＋【名詞】＋といい

例句
- 麺といいスープといい、このラーメンは絶品だと思う。
  不管是麵還是湯，我覺得這個拉麵是最棒的。
- 社長といい部長といい、この会社の幹部は頑固な人ばかりだ。
  社長也好、部長也好，這間公司的幹部全是頑固的人。
- 彼は人柄といい学問といい、申し分ない。
  他人品也好、學識也好，都沒話說。

084 ～といわず～といわず

意義 無論～還是～（強調全部）

連接 【名詞】＋といわず＋【名詞】＋といわず

例句
- この店は休日といわず平日といわず、客がいっぱいだ。
  這家店不管假日還是平日，都是滿滿的客人。
- 手といわず足といわず、子供は傷だらけで帰ってきた。
  不管是手還是腳，小孩子滿身是傷地回來了。
- 太郎の家は部屋の中といわず廊下といわず、ごみでいっぱいだ。
  太郎的家無論是房間裡還是走廊上，都滿是垃圾。

085 ～ゆえに / ～ゆえの

意義 由於～（表原因）

連接 【名詞修飾形】＋ゆえに・ゆえの
（ナ形容詞後的「な」、名詞後的「の」常省略）

例句
- 体が弱いゆえに、よく休む。
  由於身體不好，所以常常請假。
- 彼女は優しすぎるゆえに、いつも悩んでいる。
  由於她太替人著想了，所以總是很煩惱。

■ 家(いえ)が貧(まず)しい<u>ゆえに</u>、進学(しんがく)できない。

由於家貧，無法升學。

086 ～こととて

意義 因為～

連接 【名詞修飾形】＋こととて

例句 ■ 休(やす)み中(ちゅう)の<u>こととて</u>、連絡(れんらく)がつかなかった。

由於現在是休息中，所以聯絡不上。

■ 仕事(しごと)に慣(な)れぬ<u>こととて</u>、ご迷惑(めいわく)をかけてすみませんでした。

由於不熟悉工作，所以造成困擾，非常抱歉。

■ 年金生活(ねんきんせいかつ)の<u>こととて</u>、ぜいたくはできない。

由於過著領年金的生活，所以不能奢侈。

087 ～ではあるまいし / ～じゃあるまいし

意義 又不是～

連接 【名詞】＋ではあるまいし・じゃあるまいし

例句 ■ 子供(こども)<u>ではあるまいし</u>、馬鹿(ばか)なことをやめよう。

又不是小孩子，不要做蠢事了！

■ 神様(かみさま)<u>じゃあるまいし</u>、そんなことができるはずがない。

又不是神仙，那樣的事不可能做得到。

■ 素人(しろうと)<u>じゃあるまいし</u>、こんなこともできないのか。

又不是外行人，這種事怎麼可能不會？

088 ～ないまでも

意義 雖然不～、即使不～

連接 【動詞ない形】＋までも

例句

■ 可能性がないとは言わないまでも、ゼロに近い。

雖然不能說完全沒有可能性，但趨近於零。

■ 夕食作りをしないまでも、食器洗いぐらい手伝いなさい。

即使不做晚餐，至少也幫忙洗碗！

■ 病院に行かないまでも、見舞い状くらいは出しておこう。

就算不去醫院，至少先寄封慰問卡。

089 ～ならでは

意義 只有～才能～

連接 【名詞】＋ならでは

例句

■ この料理は手作りならではのおいしさだ。

這道菜是手工才有的美味。

■ この祭りは京都ならではの光景だ。

這個祭典是京都才有的景象。

■ これは日本ならではの料理だ。

這是只有日本才有的菜。

090 ～いかん／～いかんによって

意義 取決於～、要看～如何

連接 【名詞】＋いかん・いかんによって

例句

■ この運動会が成功するかしないかは天気いかんだ。

這個運動會，會不會成功要看天氣。

■ 要は君の態度いかんだ。

關鍵在於你的態度。

■ 試験の成功は努力いかんによって決まる。

考試的成功依努力決定。

091 ～いかんによらず / ～いかんにかかわらず

意義 不管～

連接 【名詞＋の】＋いかんによらず・いかんにかかわらず

例句 ■ 理由のいかんによらず、欠勤は欠勤だ。

不管理由為何，缺勤就是缺勤。

■ サッカーの試合は天気のいかんにかかわらず行われます。

足球比賽不管天氣如何都會舉行。

■ 会社の規模のいかんにかかわらず、労働者の権利は守られるべきである。

不管公司規模如何，勞工的權利應該被保障。

092 ～ともなると / ～ともなれば

意義 一旦～自然～

連接 【動詞辭書形・名詞】＋ともなると・ともなれば

例句 ■ 冬ともなると、スキー場はスキー客で賑わうようになる。

一到了冬天，滑雪場自然因為滑雪的遊客變得熱鬧。

■ 大学4年生ともなると、将来のことをいろいろ考えなければならない。

一到了大學四年級，自然不得不考慮將來的事。

■ 主婦ともなれば、自由な時間はなくなる。

一成為家庭主婦，自由的時間自然都沒了。

093 ～ごとき／～ごとく

意義 如～

連接 【動詞辭書形・た形・名詞＋の】＋ごとき・ごとく

例句
■ 上記のごとく、研究会の日程が変更になりました。
如上所述，研討會的行程更動了。

■ 時間は矢のごとく過ぎ去った。
光陰似箭飛逝。

■ 予想したごとく、あのチームが勝った。
如同預測的，那一隊獲勝了。

MP3-45

094 ～とばかりに

意義 顯出～的樣子

連接 【常體】＋とばかりに（名詞、ナ形容詞後的「だ」常省略）

例句
■ 彼女は残念だとばかりに、ため息をついた。
她露出遺憾的樣子嘆了口氣。

■ あの子は先生なんか嫌いだとばかりに、教室を出て行ってしまった。
那孩子露出非常討厭老師的樣子，離開了教室。

■ 父は疲れたとばかりに、道端に座りこんでしまった。
父親露出非常累的樣子，在路邊坐了下來。

095 ～んばかりに

意義 差點要～、就差沒～

連接 【動詞ない形（～~~ない~~）】＋んばかりに

（例外：「する」要變成「せんばかりに」）

例句
- 彼は「早く帰れ」と言わんばかりに、横を向いてしまった。

  他撇過頭去就差沒說「快點滾」。

- 花子は泣かんばかりに、「さようなら」と言いながら、別れて行った。

  花子差點要哭出來地邊說「再見」邊離去。

- 今にも土下座せんばかりに、頭を下げて何度も頼んだ。

  不斷鞠躬拜託就差沒跪下。

096 ～んがため

意義 為了要～

連接 【動詞ない形（～~~ない~~）】＋んがため

（例外：「する」要變成「せんがため」）

例句
- 試験に受からんがために、一生懸命勉強している。

  為了要考上，拚命讀著書。

- これは生きんがための仕事だ。

  這是為了生活的工作。

- 親は子供の命を救わんがために、危険を冒す。

  父母為了救小孩的性命而冒險。

097 ～べく

意義　為了～（表目的）

連接　【動詞辭書形】＋べく（「する」常用「すべく」形式）

例句
- 日本文学を研究すべく、留学する。
  為了研究日本文學而留學。
- 田村さんを見舞うべく、病院に行く。
  為了探望田村先生而去醫院。
- 成功すべく、全力を尽くす。
  為了成功，全力以赴。

098 ～べからざる

意義　不應該～、不可（表禁止，後面要接名詞）

連接　【動詞辭書形】＋べからざる＋【名詞】

例句
- それは許すべからざる行為だ。
  那是不可原諒的行為。
- 川端康成は日本の文学史上、欠くべからざる作家だ。
  川端康成是日本文學史上不可或缺的作家。
- この商品は生活に欠くべからざるものだ。
  這項產品是生活中不可或缺的東西。

099 ～ならまだしも

意義　若是～的話就算了

連接　【常體】＋ならまだしも（名詞後的「だ」常省略）

例句
- 実行して失敗するならまだしも、口で言うだけでは信用されない。
  要是實踐後失敗就算了，光靠嘴巴是不會被信任的。

■ 1度ならまだしも、同じ失敗を2度もするとはどういうことか。

一次的話就算了，同一件事居然失敗兩次，這是怎麼一回事？

■ たまにならまだしも、こうしばしば停電されては仕事にならない。

偶爾一次就算了，這麼常停電根本沒辦法工作。

100 ～ならいざ知らず

意義 要是～的話就算了

連接 【常體】＋ならいざ知らず（名詞後的「だ」常省略）

例句 ■ 昔ならいざ知らず、今そんな迷信を信じる人はいない。

以前的話就算了，現在沒有那麼迷信的人了。

■ 新入社員ならいざ知らず、ベテランがこんなミスをするとは……。

新進員工的話就算了，資深人員居然犯這種錯……。

■ 小学生ならいざ知らず、大学生にもなってこんなことがわからないとは、実に情けない。

小學生的話就算了，都讀到大學了居然連這種事都不懂，真丟人。

101 ～（よ）うものなら

意義 如果～的話，就～

連接 【動詞意向形】＋ものなら

例句 ■ この事実が外に漏れようものなら、大変だ。

這個事實要是洩漏出去的話就糟了。

■ 昔は親の言うことに反抗しようものなら、殴られたものだ。

過去要是想要反抗父母說的，就會被揍呀！

■ 彼に一言でも話そうものなら、うわさが会社に広がってしまう。

即使只跟他說一句話，謠言就會佈滿公司。

102 ～ときたら

意義 說到～（後面接續令人困擾的事）

連接 【名詞】＋ときたら

例句 ■ あの店ときたら、高くて味もまずい。

說到那家店呀，又貴又難吃。

■ 太郎ときたら、いつも遅れてくる。

說到太郎呀，總是遲到。

■ うちの課長ときたら、口で言うだけで何も実行しない。

說到我們課長呀，光說不練。

103 ～というもの

意義 這～呀！

連接 【時間】＋というもの

例句 ■ この１週間というもの、ずっと天気が悪い。

這一個星期呀，天氣一直很糟。

■ この20年というもの、１日もあなたのことを忘れたことはない。

這二十年來，我一天都沒有忘記過你。

■ ここ2、３年というもの、忙しくてゆっくり休んだこともない。

這兩三年呀，忙得沒有好好休息過。

104 ～てからというもの

意義 自從～後一直

連接 【動詞て形】＋からというもの

例句

■ タバコをやめてからというもの、体の調子がいい。

自從戒菸之後，身體狀況非常好。

■ 子供が生まれてからというもの、妻と映画を見に行ったことがない。

自從小孩出生之後，就沒和妻子去看過電影。

■ 木村さんが帰国してからというもの、寂しくてどうしようもない。

自從木村先生回國後，就寂寞到不知如何是好。

五 句尾用法 MP3-46

105 ～かぎりだ

意義 極為～、非常～

連接 【名詞修飾形】＋かぎりだ

例句
- 幼い(おさな)とばかり思(おも)っていた太郎君(たろうくん)だが、実(じつ)に頼(たの)もしいかぎりだ。
  太郎同學年紀雖小，但卻相當值得信賴。
- 陳君(ちんくん)は日本語(にほんご)が実(じつ)にうまい。うらやましいかぎりだ。
  陳同學日文真是棒。好羨慕呀！
- 田中(たなか)さんも木村(きむら)さんも帰国(きこく)してしまった。寂(さび)しいかぎりだ。
  田中先生和木村先生都回國了。好寂寞呀！

106 ～しまつだ

意義 落得～結果、到～地步（表示不好的結果）

連接 【名詞修飾形】＋しまつだ

例句
- 手(て)が痛(いた)くて、筆(ふで)も持(も)てないしまつだ。
  手痛到連筆都拿不起來。
- 花子(はなこ)は両親(りょうしん)とけんかして、ついに家出(いえで)までするしまつだ。
  花子和父母吵架，最後還離家出走。
- ちょっと怒(おこ)ったら、しまいには泣(な)き出(だ)すしまつだ。
  只是稍微生一下氣，結果卻哭了出來。

107 ～ずじまいだ

意義 終究沒～、最後也沒～

連接 【動詞ない形（～~~ない~~）】＋ずじまいだ

例句

■ 本を買ったが、結局読まずじまいだ。

買了書，但最後終究沒讀。

■ 今年の冬は暖かくてせっかく買ったオーバーも使わずじまいだった。

今年冬天很暖和，特地買的大衣最後也沒穿。

■ 出張で福岡に行ったが、忙しくて友人に会わずじまいだった。

出差到福岡去，忙得最後也沒和朋友見面。

108 ～までだ / ～までのことだ

意義 ①只是～

②只好～

連接 ①【動詞常體】＋までだ・までのことだ

②【動詞辭書形】＋までだ・までのことだ

例句

■ 本当のことを言ったまでで、特別な意味はない。

我只是說了真話，沒什麼特別的意思。

■ 大雪で電車が止まったら、歩いて帰るまでだ。

電車因大雪而停開的話，只好走路回家。

■ やってみて、できなければやめるまでのことだ。

做做看，如果不行的話，只好罷手。

109 ～ばそれまでだ

意義 ～的話～就完了、～的話～就沒用了

連接 【動詞假定形】＋それまでだ

例句
- 携帯（けいたい）は水（みず）にぬれればそれまでだ。
  手機被水弄濕的話就完了。
- どんなにいい辞書（じしょ）があっても、使（つか）わなければそれまでだ。
  不管有多好的字典，如果不使用，那也沒用。
- いくら一生懸命講義（いっしょうけんめいこうぎ）のノートをとっても、勉強（べんきょう）しなければそれまでだ。
  再怎麼認真地記上課筆記，如果不讀書也沒用。

110 ～というところだ／～といったところだ

意義 大概～、差不多～

連接 【動詞辭書形・名詞】＋というところだ・といったところだ

例句
- アルバイトだから、時給（じきゅう）は９００円（きゅうひゃくえん）といったところだ。
  因為是打工，所以時薪差不多是九百日圓左右。
- 来週（らいしゅう）ごろ初級（しょきゅう）の授業（じゅぎょう）が終（お）わるというところだ。
  下個星期前後，初級的課程差不多會結束。
- 彼（かれ）の運転（うんてん）の腕（うで）はまあまあといったところだ。
  他的開車技術大概就是普普通通。

111 ～きらいがある

意義 常常～（表示不好的趨勢）

連接 【動詞辭書形・名詞＋の】＋きらいがある

例句 ■ 田中さんは聞きたくないことは耳に入れないというきらいがある。

不想聽的事，田中先生常常充耳不聞。

■ 最近の学生は自分で考えず、教師に頼るきらいがある。

最近的學生常常會不自己思考、都依賴老師。

■ 彼はいい男だが、酒を飲みすぎるきらいがある。

他是個好男人，不過常常會喝太多酒。

112 ～にもほどがある

意義 ～也要有分寸～也要有限度

連接 【常體】＋にもほどがある

例句 ■ いたずらにもほどがある。

惡作劇也要有限度。

■ 冗談にもほどがある。

開玩笑也要有分寸。

■ 人をばかにするにもほどがある。

瞧不起人也要有限度。

113 ～でなくてなんだろう

意義 不是～又是什麼呢、正是～

連接 【名詞】＋でなくてなんだろう

例句 ■ 飛行機事故に遭ったにも関わらず、彼女は無事だった。これが奇跡でなくてなんだろう。

飛機墜機她卻平安無事。這不是奇蹟是什麼呢？

■ 親はみな、子供のためなら死んでもかまわないとまで思う。これが愛でなくてなんだろう。

為人父母者，都覺得為了小孩的話，甚至死也沒關係。這就是愛呀！

■ 彼と再会できるなんて、これが運命でなくてなんだろう。

能和他重逢，這不是命運是什麼呢？

114 ～てすむ／～ですむ

意義 ～解決

連接 【動詞て形・名詞＋で】＋すむ

例句 ■ 用事は電話ですんだ。

事情用電話就解決了。

■ お金ですむなら、いくらでも出します。

如果用錢能解決的話，無論多少我都拿出來。

■ 謝ってすむなら、警察は要らない。

如果道歉就可以解決的話，那就不需要警察了。

115 ～てやまない

意義 一直～、衷心地～

連接 【動詞て形】＋やまない

例句 ■ 幸せをお祈りしてやみません。

衷心祝你幸福。

■ 君の成功を願ってやみません。

衷心希望你成功。

■ 戦争のない平和な世界を念願してやまない。

衷心希望沒有戰爭的和平世界。

116 ～てかなわない

意義 非常～、～不得了

連接 【動詞て形・イ形容詞（～~~い~~）＋くて・ナ形容詞＋で】＋かなわない

例句

■ 今日(きょう)は朝(あさ)からのどが渇(かわ)いてかなわない。
今天從早上起就渴得不得了。

■ 風邪薬(かぜぐすり)のせいか、眠(ねむ)くてかなわない。
大概是感冒藥的關係吧，睏得不得了。

■ このかばんは重(おも)くてかなわない。
這個包包重得不得了。

117 ～てはばからない

意義 不怕～、毫無顧忌地～

連接 【動詞て形】＋はばからない

例句

■ 人(ひと)に迷惑(めいわく)をかけてはばからない。
不怕給人添麻煩。

■ 知(し)らないということを公言(こうげん)してはばからない。
不怕對外說自己不知道。

■ その新人候補(しんじんこうほ)は、今回(こんかい)の選挙(せんきょ)に必(かなら)ず当選(とうせん)して見(み)せると断言(だんげん)してはばからない。
那位第一次參選的候選人，毫無顧忌地說：「這次的選舉一定當選給你們看！」

118 ～ても～きれない

意義 要～也不能～、再～也不～（表示強調）

連接 【動詞て形】＋も＋【動詞ます形】＋きれない

例句
- あの人は喜びを隠そうとしても隠しきれないようだった。
  那個人的喜悅好像藏也藏不住。
- 彼女の親切に対しては、いくら感謝してもしきれない。
  對於她的親切，再怎麼感謝也不夠。
- 私の不注意で事故が起きたかと思うと、後悔しても後悔しきれない。
  一想到因為我的疏忽而發生事故，再怎麼後悔也不夠。

119 ～（よ）うにも～ない

意義 想～也沒辦法

連接 【動詞意向形】＋にも＋【動詞ない形】

例句
- 台風で家から出ようにも出られない。
  因為颱風，想出門也沒辦法。
- 高熱で起きようにも起きられなかった。
  因為發高燒，想起床也起不來。
- 電話番号が分からないので、知らせようにも知らせられない。
  因為不知道電話號碼，所以想通知也沒辦法。

120 ～に足る

意義 足以～、值得～

連接 【動詞辭書形・名詞】＋に足る

例句 ■ 木村(きむら)さんは信頼(しんらい)するに足(た)る人物(じんぶつ)だ。

木村先生是個值得信賴的人。

■ 性格(せいかく)といい成績(せいせき)といい、彼(かれ)は推薦(すいせん)するに足(た)る学生(がくせい)だろう。

個性也好、成績也好，他是個值得推薦的學生吧！

■ ウーロン茶(ちゃ)は誇(ほこ)るに足(た)る名産(めいさん)だ。

烏龍茶是足以自豪的名產。

121 ～にたえる / ～にたえない

意義 值得～ / 不值得～

連接 【動詞辭書形・名詞】＋にたえる・にたえない

例句 ■ あれは鑑賞(かんしょう)にたえる映画(えいが)だ。

那是部值得一看的電影。

■ あの番組(ばんぐみ)はひどくて、見(み)るにたえない。

那個節目很糟糕，不值得看。

■ その話(はなし)は聞(き)くにたえない。

那件事不值得聽。

122 ～に（は）あたらない

意義 不需要～、用不著～

連接 【動詞辭書形・名詞】＋に（は）あたらない

例句 ■ あのまじめな林君(りんくん)が日本語能力試験(にほんごのうりょくしけん)に合格(ごうかく)したことは、驚(おどろ)くにはあたらない。

那個認真的林同學日語能力測驗通過，不需要驚訝。

■ まだ新入社員(しんにゅうしゃいん)だから、叱(しか)るにはあたらない。

因為還是新進員工，所以用不著責備。

■ 遠慮（えんりょ）するにはあたらない。

用不著客氣。

123 ～にかたくない

意義 不難～

連接 【動詞辭書形・名詞】＋にかたくない

例句 ■ こうなったのは想像（そうぞう）にかたくない。

會變成這樣，不難想像。

■ 親（おや）の心配（しんぱい）は察（さっ）するにかたくない。

父母的擔心不難察覺。

■ 計画（けいかく）の失敗（しっぱい）は想像（そうぞう）にかたくない。

計畫的失敗，不難想像。

MP3-47

124 ～には及（およ）ばない

意義 用不著～、不需要～

連接 【動詞辭書形・名詞】＋には及（およ）ばない

例句 ■ あなたがわざわざ行（い）くには及（およ）ばない。

你不需要特地前去。

■ そんなことはわざわざ説明（せつめい）するには及（およ）ばない。

那種事情不需要特地說明。

■ もう大丈夫（だいじょうぶ）ですから、ご心配（しんぱい）には及（およ）びません。

已經沒事了，您不需要擔心。

125 ～に限ったことではない

意義　不是只有～

連接　【名詞】＋に限ったことではない

例句
- 朝の電車が混んでいるのは、今日に限ったことではない。
  早上的電車擁擠，不是只有今天。
- インフルエンザがはやったのは、今年の冬に限ったことではない。
  流感盛行，不是只有今年冬天。
- 太郎が遅刻するのは、今日に限ったことではない。
  太郎遲到，也不是只有今天的事了。

126 ～に越したことはない

意義　～最好

連接　【動詞常體・イ形容詞常體・名詞・ナ形容詞】＋に越したことはない

例句
- 何事も用心するに越したことはない。
  不管什麼事，沒有比小心再好的了。
- 金はあるに越したことはない。
  有錢最好。
- それに越したことはない。
  那樣最好。

127 ～までもない

意義　不需要～、用不著～

連接　【動詞辭書形】＋までもない

例句 ■ 簡単だから、わざわざ説明するまでもない。
因為很簡單，所以不需要刻意說明。

■ 電話で済むのなら、会って相談するまでもない。
如果用電話就可以解決的話，就用不著見面談。

■ そんなことは言うまでもない。
那種事不用說。

128 ～べくもない

意義 不可能～、沒辦法～

連接 【動詞辭書形】＋べくもない

例句 ■ この安月給ではマイホームなんか買うべくもない。
這麼低的月薪要買自己的房子是辦不到的。

■ 川端康成が日本を代表する作家であることは、疑うべくもない。
川端康成是代表日本的作家，這是不容懷疑的。

■ この成績ではＴ大合格など、望むべくもない。
這個成績要考上T大學是沒希望的。

129 ～べからず

意義 禁止～、不可以～（表禁止，使用於句尾）

連接 【動詞辭書形】＋べからず（「する」常用「すべからず」形式）

例句 ■ 「芝生に入るべからず」
「禁止進入草坪」

■ 「人のものを盗むべからず」
「不可以偷別人的東西」

■「作品に触るべからず」

「不可以觸摸作品」

130 ～といったらない／～といったらありはしない／～といったらありゃしない

意義 沒有比～更～的了、極為～

連接 【動詞常體・イ形容詞常體・名詞・ナ形容詞】＋といったらない・といったらありはしない・といったらありゃしない

例句 ■ 親友の田中さんが突然亡くなってしまって、悲しいといったらなかった。

好朋友田中先生突然過世了，非常地難過。

■ 弟の部屋の汚さといったらありゃしない。

沒有比弟弟的房間更髒的了。

■ 褒められた時のうれしさといったらない。

再也沒有比被稱讚時更開心的了。

131 ～とは比べものにならない

意義 和～無法相比

連接 【名詞】＋とは比べものにならない

例句 ■ 太郎君の英語力は、私とは比べものにならないほど優れている。

太郎同學的英文能力好得我無法相提並論。

■ 今のコンピューターの性能は昔とは比べものにならない。

現在的電腦性能和以前的沒什麼好比的。

■ この店の品物はほかのとは比べものにならないほど品質がいい。

這家店的東西品質好得其他店無法相比。

132 ～たものではない

意義 沒辦法～

連接 【動詞た形】＋ものではない

例句 ■ あの歌手はダンスは上手だが、歌はとても下手で聞かれたものではない。

那位歌手舞跳得很好，但是歌唱得不能聽。

■ こんなまずい料理は食べられたものではない。

這麼難吃的菜，根本不能吃。

■ こんな下手な絵は人に見せられたものではない。

這麼糟的畫，根本不敢給人看。

133 ～以外の何ものでもない

意義 就是～

連接 【名詞】＋以外の何ものでもない

例句 ■ 原因は彼の不注意以外の何ものでもない。

原因就是他的疏忽。

■ これは人災以外の何ものでもない。

這就是人禍。

■ あそこの民衆の目にあるのは狂気以外の何ものでもない。

那裡的民眾的眼中就只有瘋狂。

134 ～ないでもない / ～ないものでもない

意義 未必不～、不是不～

連接 【動詞ない形】＋でもない・ものでもない

例句
- ビールは飲まないでもないが、ウイスキーのほうがよく飲む。
  啤酒不是不喝，不過比較常喝威士忌。
- 条件によっては、引き受けないものでもない。
  依條件，也未必不接受。
- 彼の気持ちはわからないでもない。
  也不是不了解他的心情。

135 ～ないとも限らない

意義 未必不～、也許會～

連接 【動詞ない形】＋とも限らない

例句
- 泥棒に入られないとも限らないから、かぎはかけておいてね。
  未必不會被小偷闖入，所以要事先上鎖喔！
- 間違えないとも限らないので、もう一度確認したほうがいい。
  未必沒錯，所以再確認一次比較好。
- 今からがんばれば合格できないとも限らない。
  現在開始努力的話，也許會考上。

136 ～ずにはすまない / ～ないではすまない

意義 不～不行、不～無法解決（比句型 137 消極、被動）

連接 【動詞ない形（～~~ない~~）】＋ずにはすまない・ないではすまない

（例外：「する」要變成「せずにはすまない」）

例句 ■ 検査の結果で、手術せずにはすまない。

以檢查的結果來看，不動手術不行。

■ 田中さんの携帯を壊してしまったから、買って返さないではすまない。

弄壞了田中先生的手機，不買來還他不行。

■ 人にお金を借りたら、返さずにはすまない。

向人家借錢，不還不行。

137 ～ずにはおかない / ～ないではおかない

意義 勢必～、非～不可（比句型 136 積極、主動）

連接 【動詞ない形（～~~ない~~）】＋ずにはおかない・ないではおかない（例外：「する」要變成「せずにはおかない」）

例句 ■ 彼女の演技は観客を感動させずにはおかない。

她的演出勢必讓觀眾感動。

■ 大臣のあの発言は、波紋を呼ばずにはおかないだろう。

大臣的那個發言，勢必產生影響吧！

■ またそんなことをしたら、罰を与えないではおかない。

要是再做那種事，非處罰不可。

138 ～を禁じ得ない

意義 禁不住～、不禁～

連接 【名詞】＋を禁じ得ない

例句 ■ 今回の国の対応には、疑問を禁じ得ない。

這次國家的對應，不禁讓人產生疑問。

■ 元首相の突然の訃報に、国民は驚きを禁じ得なかった。

聽到前首相突然過世的消息，國民不禁驚訝萬分。

■ この不公平な判決には、怒りを禁じ得ない。

對於這個不公平的判決，不禁相當憤怒。

139 ～を余儀なくされる / ～を余儀なくさせる

意義 不得已～、不得不～

連接 【名詞】＋を余儀なくされる・を余儀なくさせる

例句 ■ 父親の死は、太郎の退学を余儀なくさせた。

父親的死，讓太郎不得不休學。

■ マラソン大会は、台風のために中止を余儀なくされた。

因為颱風，馬拉松賽不得不取消。

■ 会社に大損害を与えた部長は、辞任を余儀なくされた。

給公司帶來很大損害的部長，不得不辭職。

實力測驗

問題Ⅰ **次の文の（　　　）に入れるのに最もよいものを、1・2・3・4から一つ選びなさい。**

（　）01 何十人もの人を殺すとは、人間に（　　　）まじき行為だ。

1 あり　2 ある　3 ない　4 なし

（　）02 来るに（　　　）来ないに（　　　）、返事してください。

1 か・か　2 なり・なり　3 しろ・しろ　4 つき・つき

（　）03 彼はお前も読め（　　　）、その手紙を机の上に放り出した。

1 とために　2 とばかりに　3 んがため　4 んばかり

（　）04 驚いたことに、あの子の証言は何から何までうそ（　　　）であった。

1 まみれ　2 がち　3 ついで　4 ずくめ

（　）05 あの候補者は選挙に（　　　）に、どんな汚い手も使った。

1 勝つなり　2 勝つ　3 勝たんがため　4 勝つうち

（　）06 研究を成功させる（　　　）、田中さんは何度も実験を繰り返した。

1 まじく　2 らしく　3 ゆえ　4 べく

（　）07 マイホームを手に入れるために、1円（　　　）むだづかいはできない。

1 ならでは　2 までも　3 たりとも　4 どころか

(　) 08 大地震の被害を受けた人々が早く元気になるように願って（　　　）。

1 やまない　　2 たえない　　3 おかない　　4 すまない

(　) 09 世界不況で、数千人からの社員を抱える大企業（　　　）倒産が相次ぐ時代である。中小企業の苦しい状況はなおさらであろう。

1 にとって　　2 にして　　3 によって　　4 にもまして

(　) 10 息子は大学院に入るといって必死でがんばっているが、夜も寝ていないようだし、食欲もない。今は息子の健康（　　　）が心配だ。

1 すら　　2 さえ　　3 のみ　　4 だに

問題 II　次の文の__★__に入る最もよいものを、1・2・3・4から一つ選びなさい。

(　) 11 ちゃんと理由を話してくれれば、お金を____ ____ __★__ ____。

1 貸さない　　2 でも　　3 ない　　4 もの

(　) 12 あの女優は見かけは若く見えるが、実際の年齢はもう40歳を超えているの____ ____ __★__ ____。

1 ある　　2 では　　3 まい　　4 か

(　) 13 デザイナーになるために留学した以上、どんなことがあっても____ ____ __★__ ____。

1 目的を　　2 おかない　　3 には　　4 達成せず

（　）14 彼女は長い間、考え抜いて離婚を決意したようだ。今さら、______ ______ ___★___ ______、彼女の気持ちが変わることはないだろう。

1 ところで　2 言った　3 何を　4 ご主人が

（　）15 お金さえあればなんでもできるわけではない。でも、何______ ______ ___★___ ______、全然お金がなければ、何もできないと思う。

1 を　2 せよ　3 に　4 する

問題III　次の文章を読んで、文章全体の内容を考えて、16から20の中に入る最もよいものを、1・2・3・4から一つ選びなさい。

「どうすれば、将棋が強くなれますか？」とは、もっともよく 16 質問である。

実は、この質問には肝心な言葉 17 隠されている。それは「努力しないで」という言葉である。つまり「どうすれば努力しないで将棋が強くなれますか」と聞きたいのだ。小さな子どもが上手に将棋を指せば、大人は「この子の才能をまっすぐに伸ばしたい」と思う 18 だ。しかし、才能という言葉は、あるレベルまで 19 、それまでは継続的な努力によって 20 上達や向上がある。子どもにはまず、継続的な努力を可能にする集中力を養うことが大切なのだ。

（谷川浩司『集中力』による）

（　）16　1 聞く　2 聞ける　3 聞けば　4 聞かれる

（　）17　1 を　2 に　3 が　4 で

（　）18　1 もの　2 こと　3 まで　4 しまつ

（　）19　1 いってからでないと　2 いってからのことで

3 いってからというもの　4 いってからといって

（　）20　1 のみ　2 すら　3 だに　4 なり

解答

問題 I

01	02	03	04	05
2	3	2	4	3

06	07	08	09	10
4	3	1	2	3

問題 II

11	12	13	14	15
2	3	3	2	3

問題 III

16	17	18	19	20
4	3	1	2	1

中文翻譯及解析

問題Ｉ　次の文の（　　　）に入れるのに最もよいものを、1・2・3・4から一つ選びなさい。（請從1・2・3・4裡面選出一個放進下列句子（　　　）中最好的答案。）

（　）01　何十人もの人を殺すとは、人間に（　　　）まじき行為だ。

1 あり　　2 ある　　3 ない　　4 なし

中譯　居然殺了幾十個人，這是身為一個人不應該有的的行為。

解析　「まじき」之前一定要加上「ある」構成「～あるまじき」，用來表示「不應有的」，正確答案為選項2。

（　）02　来るに（　　　）来ないに（　　　）、返事してください。

1 か・か　　2 なり・なり　　3 しろ・しろ　　4 つき・つき

中譯　不管來還是不來，請給我個答覆。

解析　句子的中間若是出現「疑似」命令形的結構，應該就是用來表示逆態接續，意思類似「～でも」。選項裡的「しろ」是動詞「する」的命令形，構成的句型「～にしろ～にしろ」（不管～還是～）功能和「～でも～でも」類似。正確答案為選項3。

（　）03　彼はお前も読め（　　　）、その手紙を机の上に放り出した。

1 とために　　2 とばかりに　　3 んがため　　4 んばかり

中譯　他把那封信扔在桌上就好像說「你也來看看」。

解析　「～とばかり」和「～んばかり」的功能類似，主要差別在於「～と」的前面是內容、「～ん」的前面是不含語尾的動詞否定形。題目句的「読め」為動詞命令形，所以應該是「～とばかりに」的內容，正確答案為選項2。

（　）04 驚いたことに、あの子の証言は何から何までうそ（　　　）であった。

1 まみれ　　2 がち　　3 ついで　　<u>4 ずくめ</u>

中譯 令人驚訝的是，那孩子的證詞從頭到尾全是假的。

解析 「～まみれ」是「全身沾滿～」；「～がち」是「容易～」；「～ついで」是「順便～」；「～ずくめ」是「全是～」。依句意，正確答案為選項4。

（　）05 あの候補者は選挙に（　　　）に、どんな汚い手も使った。

1 勝つなり　　2 勝つ　　<u>3 勝たんがため</u>　　4 勝つうち

中譯 那位候選人為了贏得選舉，不管什麼骯髒的招式都用了。

解析 「～んがため」用來表示目的，特色在於前面接的是不含語尾的動詞否定形。因此「勝つ」變成「勝た~~ない~~」之後構成的「勝たんがため」是正確說法，正確答案為選項3。

（　）06 研究を成功させる（　　　）、田中さんは何度も実験を繰り返した。

1 まじく　　2 らしく　　3 ゆえ　　<u>4 べく</u>

中譯 為了讓研究成功，田中先生不停地重複進行實驗。

解析 「～らしく」用來表示推測；「～ゆえ」用來表示原因；「～べく」用來表示目的；「～まじく」現代文則不會使用。依句意，正確答案為選項4。

（　）07 マイホームを手に入れるために、1円（　　　）むだづかいはできない。

1 ならでは　　2 までも　　3 たりとも　　4 どころか

中譯　為了買自己的房子，就算是一塊錢都不能浪費。

解析　本題的關鍵字是空格之前的「1円」，只要出現了數量為「一」的量詞，後面應該就要會加上「～たりとも」，用來表示「就算～也不能～」。正確答案為選項3。

（　）08 大地震の被害を受けた人々が早く元気になるように願って（　　　）。

1 やまない　　2 たえない　　3 おかない　　4 すまない

中譯　非常希望大地震的受災者可以早日恢復精神。

解析　「やむ」是「停止」的意思，構成句型「～てやまない」之後，直譯的話是「不停地～」，不過其實用來表達情感的強烈，只要翻譯為「非常～」就好了。正確答案為選項1。

（　）09 世界不況で、数千人からの社員を抱える大企業（　　　）倒産が相次ぐ時代である。中小企業の苦しい状況はなおさらであろう。

1 にとって　　2 にして　　3 によって　　4 にもまして

中譯　由於全世界的不景氣，現在是一個有著數千名員工的大企業都相繼倒閉的時代。中小企業痛苦的情形會更嚴重吧！

解析　「～にとって」是「對～來說」；「～にして」是「以～都～」；「～によって」是「由於～」；「～にもまして」是「更甚於～」。依句意，正確答案為選項2。

（　）10 息子は大学院に入るといって必死でがんばっているが、夜も寝ていないようだし、食欲もない。今は息子の健康（　　　）が心配だ。

1 すら　　2 さえ　　<u>3 のみ</u>　　4 だに

中譯 兒子說要進研究所，正拚命地努力，但是晚上好像都沒睡覺，也沒有食慾。現在只擔心兒子的健康。

解析 「～すら」和「～さえ」都是「連～」；「～のみ」是「只有～」；「～だに」是「光～就～」。依句意，正確答案為選項3。

問題II **次の文の＿★＿に入る最もよいものを、1・2・3・4から一つ選びなさい。**（請從1・2・3・4裡面選出一個放進下列句子的＿★＿中最好的答案。）

（　）11 ちゃんと理由を話してくれれば、お金を＿＿　＿＿　＿★＿　＿＿。

1 貸さない　　2 でも　　3 ない　　4 もの

中譯　如果好好的跟我說原因的話，倒也不是不會借你錢。

解析　本題旨在測驗考生是否了解表示「也不是不～」的「～ないものでもない」這個句型。四個選項依序為1423，正確答案為選項2，構成的句子是「ちゃんと理由を話してくれればお金を貸さない もの でも ない」。

（　）12 あの女優は見かけは若く見えるが、実際の年齢はもう４０歳を超えているの＿＿　＿＿　＿★＿　＿＿。

1 ある　　2 では　　3 まい　　4 か

中譯　那個女演員外表看起來年輕，但是實際年齡該不會已經超過四十歲了吧！

解析　「～まい」是意向形的否定，可以放在辭書形之後，因此選項1「ある」後面會接選項3「まい」。選項2「では」則要放在選項1「ある」之前，最後加上疑問助詞選項4「か」成為意思等同於「～ではないでしょうか」的「～ではあるまいか」。四個選項依序為2134，正確答案為選項3，構成的句子是「あの女優は見かけは若く見えるが、実際の年齢はもう４０歳を超えているの では ある まい か」。

（ ）13 デザイナーになるために留学した以上、どんなことがあっても＿＿＿ ＿＿＿ ＿★＿ ＿＿＿。

1 目的を　　2 おかない　　3 には　　4 達成せず

中譯 既然為了成為設計師而留學，無論如何都一定要達成目的。

解析 本題旨在測驗考生是否了解表示「一定要～」的「～ずにはおかない」這個句型。四個選項依序為1432，正確答案為選項3，構成的句子是「デザイナーになるために留学した以上、どんなことがあっても目的を達成せずにはおかない」。

（ ）14 彼女は長い間、考え抜いて離婚を決意したようだ。今さら、＿＿＿ ＿＿＿ ＿★＿ ＿＿＿、彼女の気持ちが変わることはないだろう。

1 ところで　　2 言った　　3 何を　　4 ご主人が

中譯 她好像是經過長時間的考慮才決定離婚的。事到如今，就算先生再說什麼，她的想法都不會改變吧！

解析 選項2「言った」後面加上選項1「ところで」之後，可以構成表示「就算～也～」的逆態接續句型「～たところで」。選項4「ご主人が」有「が」，表示是主詞，適合放第一格。選項3「何を」有「を」，表示是受詞，應該放第二格。四個選項依序為4321，正確答案為選項2，構成的句子是「彼女は長い間、考え抜いて離婚を決意したようだ。今さら、ご主人が何を言ったところで、彼女の気持ちが変わることはないだろう」。

（　）15　お金さえあればなんでもできるわけではない。でも、何
______　______　___★___　______、全然お金がなければ、何も
できないと思う。

1 を　　　　2 せよ　　　　3 に　　　　4 する

中譯　不是有錢就什麼都做得到。但是，不管要做什麼，我覺得如果完全沒錢，就什麼都做不到。

解析　選項1「を」、選項3「に」都是助詞，在動詞為選項4「する」的前提下，「何」後面應該先接「を」再加上「する」。選項2「せよ」是「する」的命令形，但是命令形不可能於句中出現，所以前面應該加上選項3「に」構成「～にせよ」這個逆態接續句型才恰當。四個選項依序為1432，正確答案為選項3，構成的句子是「お金さえあればなんでもできるわけではない。でも、何を する に せよ、全然お金がなければ、何もできないと思う」。

問題III **次の文章を読んで、文章全体の内容を考えて、16から20の中に入る最もよいものを、1・2・3・4から一つ選びなさい。**（請在閱讀下列文章後，從1・2・3・4裡面選出一個放進（16）到（20）最好的答案。）

「どうすれば、将棋が強くなれますか？」とは、もっともよく 16 聞かれる質問である。

実は、この質問には肝心な言葉 17 が隠されている。それは「努力しないで」という言葉である。つまり「どうすれば努力しないで将棋が強くなれますか」と聞きたいのだ。小さな子どもが上手に将棋を指せば、大人は「この子の才能をまっすぐに伸ばしたい」と思う 18 ものだ。しかし、才能という言葉は、あるレベルまで 19 いってからのことで、それまでは継続的な努力によって 20 のみ上達や向上がある。子どもにはまず、継続的な努力を可能にする集中力を養うことが大切なのだ。

（谷川浩司『集中力』による）

中譯　「怎麼做日本象棋才能變強呢？」這是我最常被問到的問題。

其實，這個問題裡隱藏了關鍵的幾個字。那就是「不努力」這三個字。也就是，其實想問的是「如何不努力也能讓日本象棋變強呢」。如果很小的小孩很會下日本象棋的話，大人就會想要立刻發揮這孩子的天分啊。但是，所謂的天分，是從某個階段開始的事，在那之前只能靠持續的努力才能進步、提昇。對小孩來說，培養能夠持續努力的專注力才重要。

（出處為谷川浩司『集中力』）

（　）16　1 聞く　　2 聞ける　　3 聞けば　　4 聞かれる

解析　前面所提到的問題，應該是作者最常被問到的問題，所以應該使用被動形「聞かれる」，正確答案為選項4。

（　）17　1 を　　2 に　　3 が　　4 で

解析　「質問（しつもん）」後面已經出現了表示歸著點的「に」，而且後面的動詞「隠（かく）されて」是被動形，所以「言葉（ことば）」應該加上「が」成為主詞。此時就能構成以物為主詞的被動句，正確答案為選項3。

（　）18　1 もの　　2 こと　　3 まで　　4 しまつ

解析　此處是作者表示心中強烈的感覺，所以使用「～ものだ」最恰當，正確答案為選項1。

（　）19　1 いってからでないと　　2 いってからのことで
3 いってからというもの　　4 いってからといって

解析　「～てからでないと」是「不先～的話」；「～てからというもの」是「自從～啊」的意思，都不符合前後文。選項4裡的「～からといって」（雖說～）前面不會連接て形，因此本身就是錯誤的用法。選項2裡的「～てから」可以用來表示「從～開始」，因此「～てからのことで」可以翻譯為「是從～開始的事」，符合前後文，正確答案為選項2。

（　）20　1 のみ　　2 すら　　3 だに　　4 なり

解析　「～のみ」是「只有～」；「～すら」是「連～」；「～だに」是「光～就～」；「～なり」有「～獨特的」、「一～就～」兩個用法。依前後文，正確答案為選項1。

メ　モ

第三單元

讀　　解

讀解準備要領

新日檢N1的「讀解」分為六大題。第一大題為短篇（約200字）閱讀測驗；第二大題為中篇（約500字）閱讀測驗；第三大題為長篇（約1000字）閱讀測驗；第四大題是「統合理解」，通常會有三篇相關的短篇文章（合計約600字），要考生對照、比較；第五大題也是約1000字的文章，但會是一篇較艱澀的論說性的文章，主要測驗考生能否了解、掌握作者要表達的意見。第六大題為「資訊檢索」，會出現廣告、傳單、手冊之類的內容（約700字），考生必須從中找出需要的資訊來作答。

新日檢N1「讀解」的準備要領有以下四點：

1. 全文精讀

第一、第二、第三大題屬於「內容理解」題型，所以必須「全文精讀」才能掌握。

2. 部分精讀

第四大題屬於「統合理解」題型，所以考生要迅速的掌握重點、比較其異同，因此「部分精讀」即可。

3. 全文略讀

第五大題屬於「主張理解」題型，通常為論說文，最長、也最難，但考生只要「全文略讀」，找出作者的「主張」即可。

4. 部分略讀

第六大題屬於「資訊檢索」題型，考生只要從題目看一下需要的資訊是什麼，再從資料中找出來即可，所以「部分略讀」就可以了。

文章閱讀解析

一　本文

ねらわれた星

「こんどは、あの星の連中をやっつけて楽しもうぜ」

金属質のウロコで全身をおおわれた生物は、彼らの宇宙船のなかで、仲間にこう言った。

「よかろう」

ほかの連中もウロコを逆立て、からだをくねらせながら、うれしそうに応じた。その指さすところには、月をひとつ持った緑の惑星がある。

「どうだい、ようすは」

彼らは高性能の望遠鏡をあやつって、その星の上をのぞいてみた。

「やあ、いるぞ、いるぞ。二本足を使って、ぞろぞろ動きまわっているぞ。ところで、今度はどういう方法で、やっつけることにするか」

「そうだな。熱線で焼き払うのはやったことがあるし、このあいだの星では、凶暴ガスを吸わせて、おたがいに殺しあわせる手を使ってしまった。なにかもっと、刺激的なやっつけ方はないものかな」

「ああ、すごいやつでな……」

彼らは攻撃方法を相談しあった。そのうちの一人が小型の宇宙艇に乗って、地上にむかっていった。数時間ほどして戻り、報告がなされた。

「いってきました」

「ごくろう。うまくいったか」

「一匹つかまえて、その皮をはいできました」

「そうとう暴れたろう」

「もちろんですよ。ものすごく悲鳴をあげての、抵抗でした。だが、われわれのほうが力は強い。それにしても、この星のやつら、なかなか死にませんね。皮をはいでも、まだ動きまわって……」

「そいつはおもしろかったろうな。ところで、これからどうする」

「いま、皮を研究班に渡してきました。それを溶かすビールスを作らせています」

「それはいい。やつらの皮膚がビールスにおかされ、どろどろに溶けるのを、われわれはここから見物できるわけだな。早く見たいものだ」

　彼らは期待でわくわくしながら、待った。そのうち、研究班が完成を知らせに来る。

「できました」

「よし、さっそくばらまこう」

　彼らの宇宙船はその星を一周し、ビールスをまんべんなく、まき散らした。

「さあ、もうすぐ、やつらののたうち回って苦しむところが見られるぞ」

「そら、きいてきた……」

　しかし、彼らは不満げな声で話しあった。

「おかしいぞ。やつらはあわてているが、だれも死なないじゃないか。死なないどころか、なかには、むしろ喜んでいるやつもいるようだ」

「変ですね。なんだか薄気味わるくなってきた。もうやめて、引きあげましょう」

「ああ、べつの星にいこう」

　彼らの去ってゆく星、地球上では、その時しかつめらしい顔の学者たちが、だれもかれもが突然はだかになった現象を解決すべく、調査にとりかかりはじめていた。

（星新一『ボッコちゃん』新潮文庫）

質問：

Q1. 「月をひとつ持った緑の惑星」とあるが、どの星ですか。

A：

Q2. 皮をはがされても、動きまわっていて死なないのは、どうしてですか。

A：

二　解析

ねらわれた星

被盯上的星球

第一段

「こんどは、あの星の連中をやっつけて楽しもうぜ」

　金属質のウロコで全身をおおわれた生物は、彼らの宇宙船のなかで、仲間にこう言った。

「よかろう」

　ほかの連中もウロコを逆立て、からだをくねらせながら、うれしそうに応じた。その指さすところには、月をひとつ持った緑の惑星がある。

中譯

「這次，就弄死那個星球的人來玩吧！」

全身覆蓋金屬鱗片的生物，在他們的太空船裡，對同伴這麼說。

「好啊！」

其他人也鱗片倒豎，曲著身子，開心地同意了。在他所指的地方，有一顆單衛星的綠色行星。

單字

連中：一群人、成員

やっつける：擊潰、打敗

ウロコ：魚鱗、鱗片

逆立てる：倒豎

くねる：彎曲

第二段

「どうだい、ようすは」

彼らは高性能の望遠鏡をあやつって、その星の上をのぞいてみた。

「やあ、いるぞ、いるぞ。二本足を使って、ぞろぞろ動きまわっているぞ。ところで、今度はどういう方法で、やっつけることにするか」

「そうだな。熱線で焼き払うのはやったことがあるし、このあいだの星では、凶暴ガスを吸わせて、おたがいに殺しあわせる手を使ってしまった。なにかもっと、刺激的なやっつけ方はないものかな」

「ああ、すごいやつでな……」

中譯

「怎麼樣，狀況如何？」

他們操縱著高性能望遠鏡，觀察著那個星球的上面。

「啊！有了，有了！他們使用雙腳，一大群動來動去。對了，這一次決定要用什麼方式搞死他們呢？」

「這個嘛！曾經用過紅外線燒死這一招，還有在前一顆星球，是讓他們吸殘暴瓦斯，讓他們自相殘殺這一招。沒有什麼更刺激的弄死他們的方法嗎？」

「對，就用厲害的方法吧！」

單字

操る（あやつ）：操縱
ぞろぞろ：成群結隊
熱線（ねっせん）：紅外線
手を使う（て、つか）：手段、招式

句型

「ところで」：接續詞，用來換話題「對了～」。
「～もの」：用來表示心裡的感覺「～啊」。

第三段

彼らは攻撃方法を相談しあった。そのうちの一人が小型の宇宙艇に乗って、地上にむかっていった。数時間ほどして戻り、報告がなされた。

「いってきました」

「ごくろう。うまくいったか」

「一匹つかまえて、その皮をはいできました」

「そうとう暴れたろう」

「もちろんですよ。ものすごく悲鳴をあげての、抵抗でした。だが、われわれのほうが力は強い。それにしても、この星のやつら、なかなか死にませんね。皮をはいでも、まだ動きまわって……」

「そいつはおもしろかったろうな。ところで、これからどうする」

「いま、皮を研究班に渡してきました。それを溶かすビールスを作らせています」

「それはいい。やつらの皮膚がビールスにおかされ、どろどろに溶けるのを、われわれはここから見物できるわけだな。早く見たいものだ」

中譯

他們互相討論著攻擊的方式。其中一個人搭上小型太空艇，往地上去了。大約過了幾個小時，回來報告。

「我回來了。」

「辛苦了。順利嗎？」

「我抓到了一隻，然後把他的皮給剝回來了。」

「一定奮力掙扎吧。」

「當然呀！不斷尖叫、抵抗。不過，我們的力氣還是比較大。儘管如此，這個星球的傢伙，都死不了耶！就算扒下了皮，還是一直動來動去的……」

「那還真有趣呀。對了，接下來要怎麼做呢？」

「我剛才把皮交給了研究組，正讓他們製造會把那個皮溶掉的病毒。」

「這樣好！所以我們就可以從這裡觀賞他們的皮膚被病毒侵蝕、溶化的樣子。好想快點看到呀！」

單字

悲鳴（ひめい）：尖叫　　ビールス：病毒

どろどろ：黏糊狀

句型

「～わけだ」：表示理由、意思「所以～」。

「～ものだ」：在此用來表示心裡的願望「～啊」。

注意

「それを溶（と）かすビールスを作（つく）らせ」是「讓他們製造溶化『那個』的病毒」，而不是「それを溶（と）かしてビールスを作（つく）らせ」（把『那個』溶化，讓他們製造病毒），請注意修飾方式。

第四段

彼らは期待でわくわくしながら、待った。そのうち、研究班が完成を知らせに来る。

「できました」

「よし、さっそくばらまこう」

彼らの宇宙船はその星を一周し、ビールスをまんべんなく、まき散らした。

「さあ、もうすぐ、やつらののたうち回って苦しむところが見られるぞ」

「そら、きいてきた……」

しかし、彼らは不満げな声で話しあった。

「おかしいぞ。やつらはあわてているが、だれも死なないじゃないか。死なないどころか、なかには、むしろ喜んでいるやつもいるようだ」

「変ですね。なんだか薄気味わるくなってきた。もうやめて、引きあげましょう」

「ああ、べつの星にいこう」

中譯

他們非常期待地等著。不久，研究組來通知完成了。

「完成了。」

「好，馬上來撒吧！」

他們的太空船在那顆星球繞了一圈，把病毒撒得到處都是。

「來，馬上就可以看到這些傢伙痛苦得到處打滾的樣子了呀！」

「你看，開始有效了⋯⋯」

可是，他們聽起來不滿的聲音討論了。

「好奇怪呀！那些傢伙雖然很慌張，但是沒有半個人死掉呀！不僅沒死，裡面還有些傢伙好像還蠻開心的。」

「真怪呀！總覺得有點毛骨悚然。我們趕快住手，撤退吧！」

「是呀，去其他星球吧！」

單字

わくわく：心神不寧

そのうち：不久

まんべんない：到處

のたうち回（まわ）る：痛苦得翻滾

薄気味（うすきみ）わるい：陰森、感到害怕

引（ひ）きあげる：撤退

句型

「～げ」：表示樣態「看起來～、聽起來～」。

「～どころか」：表示和原先想的有很大的不同「不但～反而～」。

第五段

> 彼らの去ってゆく星、地球上では、その時しかつめらしい顔の学者たちが、だれもかれもが突然はだかになった現象を解決すべく、調査にとりかかりはじめていた。
>
> （星新一『ボッコちゃん』新潮文庫）

中譯

就在那個時候，在他們所離開的星球，地球上，一本正經的學者們，為了解決所有人突然變得赤身裸體的這個現象，正在著手調查。

（星新一『沒個性小姐』新潮文庫）

單字

しかつめらしい：一本正經的　　　　はだか：裸體

とりかかる：開始動手

句型

「～べく」：表示目的「為了～」。

質問：

Q1. 「月をひとつ持った緑の惑星」とあるが、どの星ですか。

文中寫著「有一顆單衛星的綠色行星」，這是哪個星球呢？

A：地球です。

是地球。

Q2. 皮をはがされても、動きまわっていて死なないのは、どうしてですか。

為什麼皮被扒下來，動來動去，也不會死呢？

A：はがされたのは、実は服だからです。

因為被扒下來的，其實是衣服。

實力測驗

問題 I

ハエ、サメ、オオカミ。台北の男はこの三つのタイプに分類できる。彼らに会えばわかるはずだ、人と動物にはなにも違いがないということが。

（中略）

まずぼくたちのようなハエだ。

ハエ族はメガネをかけ、身長が一六〇から一七〇センチ。初体験の場所は成功嶺。もっとも当時、わざわざ成功嶺にまで面会に来てくれる彼女がいたわけじゃない。

ハエには野心というものがなく、ひたすら母さんの代わりを捜している。女のまわりをブンブン音を立てて、ぐるぐる飛びまわる。しかし、刺しもしないし、血も吸わない。ただ、いくら追っ払ってもしつこくやってくる。まあ、なにもできないのだけど。

パーティーでビビッとくる女の人と出会っても、彼女の携帯番号を聞く勇気がない。彼女のそばにいくら近寄っても話し掛けることができず、結局そのまま①お開きになってしまう。ああ、この世に終わりのない宴があればいつかチャンスも来ただろうと、いったんはへこむがなんのことはない、②帰ってからすぐに幹事に連絡を入れて、人から頼まれたのだとむやみに強調しながら彼女のことを探るのだ。

（王文華・納村公子訳『蛋白質ガール』バジリコ）

問1 「①お開きになってしまう」とは、どのような意味か。

1. ドアが開いてしまう。

2. ドアが閉じてしまう。

3. 宴会を開いてしまう。

4. 宴会が終わってしまう。

問2 「②帰ってからすぐに幹事に連絡を入れて」というのはなぜか。

1. 友人に頼まれたから。

2. 彼女に携帯電話を返すから。

3. 彼女のことを知りたいから。

4. お金を払うから。

問題 II

共通語というものは、まず東京に育った言葉だということ。このために③いろいろ欠陥があるということを、覚えておいていただきたい。

東京という町はその成立のしかたが独特である。東京は京都の町と違い、昔から人が住んで、だんだんに発達してきた町ではない。江戸時代の初めに、全国各地の人が移り住んで、急にできた町である。明治維新以後にもたくさん地方からの人が流入してきた。いわば人工都市である。

そういうところに発達した言葉というものは、おたがいにほかの地方から来た相手に通じない言葉はやめようという気持ちが働く。地方の色合いのついていない言葉が、自然にできてしまうわけだ。各地にある、生き生きした豊かな色合いを持った言葉が、どうしても東京の言葉には少なくなってしまう。

（金田一春彦『日本語を反省してみませんか』角川書店）

問3 「③いろいろ欠陥がある」とあるが、どんな欠陥か。

1. 東京は全国各地の人が移り住んで、急にできた町である。
2. 東京はだんだんに発達してきた町ではない。
3. 東京の言葉は豊かな色合いを持ったものではない。
4. 東京の言葉はほかの地方から来た相手に通じない。

問題III

学校の教師をしていて、いつもおもしろくも不思議にも思うのは、教室で学生たちが教師といつも一定の距離をおきたがることだ。百人ほど入る教室で、二、三十人しか学生のいない場合、その学生たちは、なるべく教師から遠い所へ、壁に沿って「散開」している。彼らは教師とある「隔たり」を感じており、それを物理的間隔によって表現しているのである。

もっとも、大講堂か何かで壁際まで教師の声の届かないような時には、事態はもう少しこみいってくる。しかし、声の届く範囲には、教師との隔たりは計って、学生たちは慎重に場所選びをやっている。教師はなるべく学生たちに身近に来て欲しい。④そのとき教師は、学生をさし招くのである。「招く」とは、隔たりをとろうという意志表現である。人を自宅に招待するのを「招く」というのは、対人距離を縮めたいということである。また「お近づきのしるしに」などと言って物をさしだすのは、その物を相手にさしだすことで、相手との距離感を縮めることである。文字どおり「近づく」ことで、お近づきになるのである。

（多田道太郎『しぐさの日本文化』筑摩書房）

問4　「④そのとき教師は、学生をさし招くのである」とあるが、そのときというのはどんな場合か。

1. 教師の声がよく届かないような場合
2. 教師が学生に質問したいと思う場合
3. 教師が学生を自宅に招待する場合
4. 教師が学生に身近にきてほしい場合

問題Ⅳ

十代のころ、地方へ出張に出かける父のカバン持ちをして、駅まで見送りに行かされることがあった。①父は決して自分でカバンを持たず、どんどん先に歩いてゆく。母か私、ときには弟が、後ろからカバンを持って、お供につくのである。今では考えられない風景だが、戦前の私のうちでは、さほど不思議とも思わず、月に一度や二度はそうやっていた。母に言わせると、お父さんは威張っているくせに寂しがりやだから、持っていってあげてちょうだいよ、という。

持ってゆくのはいいとして、②何とも具合が悪いのは、プラットホームで汽車が出るまで待っているときであった。父は座席に座るとホームに立っている私には目もくれず、経済雑誌を開いて読みふける。いや、③読みふけるふりをする。はじめのころ、私はどうしていいかわからず、父の座席のガラス窓の所に④ぼんやり立っていた。父は、雑誌から顔を上げると、手を上げて、シッシッと、声はたてないが、ニワトリを追っぱらうようなしぐさをした。もういいから帰れ、という合図と思い、私は帰ってきた。

ところが、出張から帰った父は、ことのほか御機嫌ななめで、母にこう言ったというのである。「⑤邦子は女のくせに、薄情なやつだなあ。おれが帰ってもいい、と言ったら、さっさと帰りやがった。」そんなに居てもらいたいのなら、ニワトリみたいに、人を追いたてることはないじゃないかと思ったが、口答えなど思いもよらないので黙っていた。

また、駅まで迎えに行かされることもあった。

あれは、たしか夏の晩だった。父の帰ってくる時間に、ものすごい夕立がきた。私は傘を持って駅へ急いだ。早く行かないと間に合わない。うちの父はせっかちで、迎えが来るとわかっていても、待たずに歩き出す性分である。いつものとおり、近道になっている小さな森の中の道を小走りに歩いた。街灯もないので、鼻をつままれてもわからない真暗闇である。向こう側から、七、八人の人の足音がする。帰宅を急ぐサラリーマンにちがいない。もしかしたら、この中に父が居るかもしれない。しかし、すれ違っても、顔も見えないのである。しかたがない。私はすれ違うたびに、「向田敏男。」「向田敏男。」父の名前をつぶやいた。

「馬鹿！」いきなりどなられた。「歩きながら、おやじの名前を宣伝して歩くやつがあるか。」

父は⑥傘をひったくると、いつものように先に歩き出した。

あとで母は「お父さん、ほめてたわよ。」という。あいつはなかなか⑦機転のきくやつだと言って、おかしそうに笑っていたという。

（向田邦子『霊長類ヒト科動物図鑑』文藝春秋）

問5 「①父は決して自分でカバンを持たず、どんどん先に歩いてゆく」のはなぜか。

1. カバンが重くて持てないから。

2. カバンを持つのは家族の仕事だから。

3. 誰かについて来てほしかったから。

4. 自分の偉さを見せたかったから。

問6 「②何とも具合の悪い」というのは、具体的に何を指しているのか。

1. 父が威張っていること

2. 父がどんどん先に歩いてゆくこと

3. 父が私に目もくれないこと

4. 父が追っ払うようなしぐさをすること

問7 「③読みふけるふり」をしたのはなぜですか。「父」の気持ちとして最も適当なものはどれか。

1. 雑誌がおもしろいので、読みたかったから。

2. 読書家であることを、娘や周囲の人たちに見せたかったから。

3. 娘に見送られることが気恥ずかしく、体裁が悪かったから。

4. 父としての威厳ある姿を、周囲の人たちに示したかったから。

問8 「④ぼんやり立っていた」ときの筆者の気持ちは、どうだったか。

1. 父に対する怒り
2. 一人ぼっちになった寂しさ
3. 行動を決められず、落ち着かない気持ち
4. 先がわからない不安な気持ち

問9 「⑤邦子は女のくせに、薄情なやつだなあ」とあるが、父は邦子にどのような行動を期待していたと考えられるか。

1. 口答えすること
2. 汽車が出るまで見送ること
3. カバンを持ってくれること
4. 汽車の中まで入ってきてくれること

問10 「⑥傘をひったくる」から、父のどんな性格がわかるか。

1. わけもなく怒る
2. 機転がきく
3. 気持ちを素直に表現できない
4. 人の気持ちがわからない

問11 父は「⑦機転のきくやつ」といって邦子をほめたが、それはなぜか。

1. 父が通るであろうと思われる近道を通ってきたから。
2. 夕立とわかると、すぐさま傘を持って駅まで迎えに来たから。
3. 邦子が父の名前を宣伝しながら、迎えに来たから。
4. 真暗闇で何も見えないので、父に気づかせるために、すれちがう人ごとに父の名前をつぶやいたから。

問12 この文全体を読んで、両親と邦子の関係はどのようなものだと、考えられるか。

1. 母が怒りっぽい父を理解し、邦子に伝えている。
2. 父が威張っていて、母と邦子を困らせている。
3. 邦子は父も母も理解できないでいる。
4. 母は邦子が理解できるように、父に相談している。

解答

問題 I

問1　4　　問2　3

問題 II

問3　3

問題 III

問4　4

問題 IV

問5　3　　問6　3　　問7　3　　問8　3　　問9　2
問10　3　　問11　4　　問12　1

中文翻譯及解析

問題Ｉ

> ハエ、サメ、オオカミ。台北の男はこの三つのタイプに分類できる。彼らに会えばわかる**はずだ**、人と動物にはなにも違いがないということが。
>
> （中略）

中譯 蒼蠅、鯊魚、狼。台北的男人可以分成這三類。遇到他們的話應該就知道，人類和動物沒有任何差異。

（中略）

句型 「～はずだ」：表示推測「應該～」。

注意 「彼らに会えばわかるはずだ、人と動物にはなにも違いがないということが」這句話先將斷定（～だ）的部分說出，再說出句子裡的主語「～が」，屬於倒裝句，一般的說法為「彼らに会えば、人と動物にはなにも違いがないということがわかるはずだ」，請小心判斷句意。

まずぼくたちのようなハエだ。
ハエ族はメガネをかけ、身長が一六〇から一七〇センチ。初体験の場所は成功嶺。もっとも当時、わざわざ成功嶺にまで面会に来てくれる彼女がいたわけじゃない。

中譯 首先是像我們這樣的蒼蠅。
蒼蠅族戴眼鏡，身高一六〇到一七〇公分。第一次性經驗是在成功嶺。不過當時並沒有女朋友特地到成功嶺探親。

句型 「～わけじゃない」：用來說明並不是從前面事實所想見的內容「並非～」。

ハエには野心というものがなく、ひたすら母さんの代わりを捜している。女のまわりをブンブン音を立てて、ぐるぐる飛びまわる。しかし、刺しもしないし、血も吸わない。ただ、いくら追っ払ってもしつこくやってくる。まあ、なにもできないのだけど。

中譯 蒼蠅沒什麼野心，一味地搜尋著媽媽的代替品。在女生周圍嗡嗡叫，轉來轉去地飛著。但是，也不叮人、也不吸血。可是，再怎麼揮，都還是一直糾纏著。唉，可是什麼都做不到。

單字 ひたすら：一味地　　ブンブン：嗡嗡地

パーティーでビビッとくる女の人と出会っても、彼女の携帯番号を聞く勇気がない。彼女のそばにいくら近寄っても話し掛けることができず、結局そのまま①お開きになってしまう。ああ、この世に終わりのない宴があればいつかチャンスも来ただろうと、いったんはへこむがなんのことはない、②帰ってからすぐに幹事に連絡を入れて、人から頼まれたのだとむやみに強調しながら彼女のことを探るのだ。

（王文華・納村公子訳『蛋白質ガール』バジリコ）

中譯 就算在派對上遇到心動的女子，也沒有勇氣問她手機號碼。就算靠她再怎麼近，還是沒辦法開口說話，結果就這樣結束。啊，要是這世界上有不散的筵席，機會總有一天會到來吧！完全不氣餒，一回家馬上跟主辦人聯絡，問有關她的事，同時不斷強調是受人之託。

（王文華・納村公子譯『蛋白質女孩』巴西利）

單字 ビビッとくる：心動　　へこむ：氣餒

むやみに：胡亂、過分

問1　「①お開きになってしまう」とは、どのような意味か。

所謂的「お開きになってしまう」，是什麼意思呢？

1. ドアが開いてしまう。

門開了。

2. ドアが閉じてしまう。

門關了。

3. 宴会を開いてしまう。

舉辦了宴會。

4. 宴会が終わってしまう。

宴會結束了。

問2　「②帰ってからすぐに幹事に連絡を入れて」というのはなぜか。

「一回家就立刻和主辦人聯絡」是為什麼呢？

1. 友人に頼まれたから。

因為受朋友拜託。

2. 彼女に携帯電話を返すから。

因為要還她手機。

3. 彼女のことを知りたいから。

因為想瞭解那女生。

4. お金を払うから。

因為要付錢。

問題 II

> 共通語というものは、まず東京に育った言葉だということ。このために③いろいろ欠陥があるということを、覚えておいていただきたい。

中譯 所謂的「共通語」，主要指的就是在東京孕育出的語言。因此，共通語會有許多缺陷，希望大家記住。

句型 「～ということ」：用於說明「也就是～」。

> 東京という町はその成立のしかたが独特である。東京は京都の町と違い、昔から人が住んで、だんだんに発達してきた町ではない。江戸時代の初めに、全国各地の人が移り住んで、急にできた町である。明治維新以後にもたくさん地方からの人が流入してきた。いわば人工都市である。

中譯 東京這個都市，成立的方式很獨特。東京和京都不同，不是自古就住人而漸漸發展起來的城市。是在江戶時代初期，全國各地的人移居而來，突然興起的城市。明治維新以後也有許多人從鄉下過來。說起來，就是所謂的人工都市。

單字 いわば：說起來

そういうところに発達した言葉というものは、おたがいにほかの地方から来た相手に通じない言葉はやめようという気持ちが働く。地方の**色合い**のついていない言葉が、自然にできてしまう**わけだ**。各地にある、生き生きした豊かな色合いを持った言葉が、どうしても東京の言葉には少なくなってしまう。

（金田一春彦『日本語を反省してみませんか』角川書店）

中譯 在這樣的地方發展的語言，自然而然就會互相避免使用從其他地方來的人聽不懂的字詞。所以自然形成沒有地方特色的語言。東京話裡就變得很少像各地都有的生動、富特色的說法。

（金田一春彥『要不要反省一下日文呢』角川書店）

單字 色合い：特色、色彩

句型 「～わけだ」：用於說明「所以～」。

問3 「③いろいろ欠陥がある」とあるが、どんな欠陥か。
文中有「有許多缺陷」，是什麼缺陷呢？

1. 東京は全国各地の人が移り住んで、急にできた町である。
東京是全國各地的人移居而來，突然興起的城市。

2. 東京はだんだんに発達してきた町ではない。
東京不是漸漸發展起來的城市。

3. 東京の言葉は豊かな色合いを持ったものではない。
東京話不是有豐富特性的語言。

4. 東京の言葉はほかの地方から来た相手に通じない。
東京話無法讓其他地方來的人瞭解。

問題III

　学校の教師をしていて、いつもおもしろくも不思議にも思うのは、教室で学生たちが教師といつも一定の距離をおき**たがる**ことだ。百人ほど入る教室で、二、三十人しか学生のいない場合、その学生たちは、なるべく教師から遠い所へ、壁に沿って「散開」している。彼らは教師とある「**隔たり**」を感じており、それを物理的間隔によって表現しているのである。

中譯　當學校老師，總會覺得又有趣又不可思議的是，在教室裡學生們總會想和老師保持一定的距離。容納一百人左右的教室裡，如果只有二、三十個學生，那些學生們就會盡量往離老師遠的地方，沿著牆壁「散開」。他們感到和老師有某種「隔閡」，而用物理上的間隔表達該隔閡。

單字　隔たり：距離、隔閡

句型　「～たがる」：第三人之願望「想～」。

もっとも、大講堂か何かで壁際まで教師の声の届かないような時には、事態はもう少しこみいってくる。しかし、声の届く範囲には、教師との隔たりは計って、学生たちは慎重に場所選びをやっている。教師はなるべく学生たちに身近に来て欲しい。④そのとき教師は、学生をさし招くのである。「招く」とは、隔たりをとろうという意志表現である。人を自宅に招待するのを「招く」というのは、対人距離を縮めたいということである。また「お近づきのしるしに」などと言って物をさしだすのは、その物を相手にさしだすことで、相手との距離感を縮めることである。文字どおり「近づく」ことで、お近づきになるのである。

（多田道太郎『しぐさの日本文化』筑摩書房）

中譯 不過，在大教室這些老師的聲音無法傳到牆角的時候，事情會稍微複雜一點。但是，在聲音傳得到的範圍裡，學生們會計算著和老師的隔閡，小心地進行場所的選擇。老師希望學生盡量到身邊來。這個時候，老師就會招呼學生過來。所謂的「招く」（招呼），就是表達想要去除隔閡的想法。邀請人到自己家說成「招く」（招呼），就是想要縮短和人之間的距離。此外，跟人家說「當作見面禮」之類的話，然後拿東西給對方，就是藉由拿那個東西給對方，來縮短和對方的距離感。就是用字面上的「靠近」，而變得親近。

（多田道太郎『行為的日本文化』筑摩書房）

單字 込み入る：複雜　　お近づき：親近
差し出す：伸出、拿出

問4　「④そのとき教師は、学生をさし招くのである」とあるが、そのときというのはどんな場合か。

文中有「這個時候，老師就會招呼學生過來。」是什麼情況呢？

1. 教師の声がよく届かないような場合

   老師的聲音不太傳得到的情況

2. 教師が学生に質問したいと思う場合

   老師想問學生問題的情況

3. 教師が学生を自宅に招待する場合

   老師邀請學生到自己家的情況

4. 教師が学生に身近にきてほしい場合

   老師希望學生到身邊的情況

問題IV

十代のころ、地方へ出張に出かける父のカバン持ちをして、駅まで見送りに行かされることがあった。①父は決して自分でカバンを持たず、どんどん先に歩いてゆく。母か私、ときには弟が、後ろからカバンを持って、お供につくのである。今では考えられない風景だが、戦前の私のうちでは、さほど不思議とも思わず、月に一度や二度はそうやっていた。母に言わせると、お父さんは威張っているくせに寂しがりやだから、持っていってあげてちょうだいよ、という。

中譯 十來歲時，有時候會被逼著幫忙提去鄉下出差的父親的包包，送他到車站。父親絕不自己提包包，會不斷地走在前面。母親、或是我，有時候是弟弟，要提著包包伴隨在後面。這是現在無法想像的景象，但是在戰前的我家，不覺得有多麼不可思議，一個月總有一、兩次會這麼做。據母親說，儘管父親看起很威風，但是其實很怕寂寞，所以就幫他提！

單字 お供：陪伴、跟隨

句型 「～くせに」：逆態接續，常用於責怪時【明明～】。

持ってゆくのはいいとして、②何とも具合が悪いのは、プラットホームで汽車が出るまで待っているときであった。父は座席に座るとホームに立っている私には目もくれず、経済雑誌を開いて読みふける。いや、③読みふけるふりをする。はじめのころ、私はどうしていいかわからず、父の座席のガラス窓の所に④ぼんやり立っていた。父は、雑誌から顔を上げると、手を上げて、シッシッと、声はたてないが、ニワトリを追っぱらうようなしぐさをした。もういいから帰れ、という合図と思い、私は帰ってきた。

中譯　提包包去沒關係，最不自在的是在月台等火車開動的時候。父親一坐在座位上，就完全不看站在月台上的我，翻開經濟雜誌看得入迷。不，是裝作看得入迷。開始的時候，我不知道該怎麼辦才好，呆呆地站在父親座位的玻璃窗邊。父親從雜誌抬起頭來，舉起手，咻咻地，雖然沒有發出聲音，但做出了像是在趕雞的動作。我想是示意我「可以了，回家吧！」所以我就回家了。

單字　しぐさ：動作

句型　「～ふける」：複合動詞語尾，表示沈迷、熱衷「～入迷」。
「～ふりをする」：表示刻意做出某個動作「假裝～」。

> ところが、出張から帰った父は、ことのほか御機嫌ななめで、母にこう言ったというのである。「⑤邦子は女のくせに、薄情なやつだなあ。おれが帰ってもいい、と言ったら、さっさと帰りやがった。」そんなに居てもらいたいのなら、ニワトリみたいに、人を追いたてることはないじゃないかと思ったが、口答えなど思いもよらないので黙っていた。

中譯 結果，出差回家的父親，心情特別不好，聽說跟母親這麼說。「邦子明明是個女孩子，卻很無情呀！我才說可以回家了，她馬上給我跑掉。」如果那麼想要我待在那裡，就不需要趕人像趕雞一樣不是嗎？雖然我這麼想，但也沒想到要回嘴，所以就沒說話了。

單字 ことのほか：意外、格外地　　御機嫌ななめ：不高興
さっさと：迅速地　　口答え：回嘴

句型 「ところが」：表意外的逆態接續詞「但是～、結果～」。
「～くせに」：逆態接續，常用於責怪時「明明～」。
「～やがる」：表生氣、罵人的語尾。
「～ことはない」：表示可以不用如此做「用不著～」。

また、駅まで迎えに行かされることもあった。

あれは、たしか夏の晩だった。父の帰ってくる時間に、ものすごい夕立がきた。私は傘を持って駅へ急いだ。早く行かないと間に合わない。うちの父はせっかちで、迎えが来るとわかっていても、待たずに歩き出す性分である。いつものとおり、近道になっている小さな森の中の道を小走りに歩いた。街灯もないので、鼻をつままれてもわからない真暗闇である。向こう側から、七、八人の人の足音がする。帰宅を急ぐサラリーマンにちがいない。もしかしたら、この中に父が居るかもしれない。しかし、すれ違っても、顔も見えないのである。しかたがない。私はすれ違うたびに、「向田敏男。」「向田敏男。」父の名前をつぶやいた。

中譯 此外，有時也被逼著去車站接他。

我記得那是一個夏天的晚上。爸爸回家的時間下起了好大的雷陣雨。我趕快拿傘去車站。不趕快去就會來不及。我父親是那種很性急，即使知道會來接他，還是會不等人就自己走掉的個性。我一如往常地走捷徑，小跑步地走在小樹林的路上。連路燈都沒有，所以是被捏住鼻子也不知道的那麼地暗。從對面傳來七、八個人的腳步聲。一定是趕著回家的上班族。該不會父親也在那群人裡吧！但是就算擦身而過，也看不到長相。沒辦法。我每當擦身而過的時候，就輕聲地叫著父親的名字「向田敏男」、「向田敏男」。

單字 せっかち：性急　　性分（しょうぶん）：個性

つまむ：捏住

句型 「～にちがいない」：表主觀、肯定的推測「一定～」。

「～たびに」：表示每一次都這麼做「每當～」。

「馬鹿！」いきなりどなられた。「歩きながら、おやじの名前を宣伝して歩くやつがあるか。」

父は⑥傘をひったくると、いつものように先に歩き出した。

あとで母は「お父さん、ほめてたわよ。」という。あいつはなかなか⑦機転のきくやつだと言って、おかしそうに笑っていたという。

（向田邦子『霊長類ヒト科動物図鑑』文藝春秋）

中譯　「混帳！」突然被大罵一聲。「有那種邊走邊宣傳自己老爸的名字的人嗎？」

父親把傘一把搶過，一如往常地自己走在前面。

之後母親說「你爸爸稱讚了你喔！」聽說他露出詭異的笑容說：「那傢伙相當機伶呀！」

（向田邦子『靈長類人科動物圖鑑』文藝春秋）

單字　怒鳴る：大罵　　ひったくる：搶奪

機転がきく：機伶

問5　「①父は決して自分でカバンを持たず、どんどん先に歩いてゆく」のはなぜか。

「父親絕不自己提包包，不斷地走在前面」是為什麼呢？

1. カバンが重くて持てないから。

因為包包很重，提不動。

2. カバンを持つのは家族の仕事だから。

因為拿包包是家人的工作。

3. 誰かについて来てほしかったから。

因為希望有人陪他來。

4. 自分の偉さを見せたかったから。

因為想顯示自己的偉大。

問6　「②何とも具合の悪い」というのは、具体的に何を指しているか。

「最不自在的」，具體上指的是什麼呢？

1. 父が威張っていること

父親很愛擺架子

2. 父がどんどん先に歩いてゆくこと

父親不斷地走在前面

3. 父が私に目もくれないこと

父親完全不看我一眼

4. 父が追っ払うようなしぐさをすること

父親做出攆人的動作

問7　「③読みふけるふり」をしたのはなぜですか。「父」の気持ちとして最も適当なものはどれか。

「假裝看得入迷」是為什麼呢？作為「父親」的想法，哪個選項最適當呢？

1. 雑誌がおもしろいので、読みたかったから。

因為雜誌很有趣，很想看。

2. 読書家であることを、娘や周囲の人たちに見せたかったから。

因為想讓女兒、周遭的人看到他很愛看書。

3. 娘に見送られることが、気恥ずかしく、体裁が悪かったから。

因為覺得被女兒送行不好意思、有失體統。

4. 父としての威厳ある姿を、周囲の人たちに示したかったから。

因為想要讓周遭的人看到當父親的威嚴樣子。

問8　「④ぼんやり立っていた」ときの筆者の気持ちは、どうだったか。

「呆呆地站著」這時作者的心情如何呢？

1. 父に対する怒り

對父親生氣

2. 一人ぼっちになった寂しさ

變成孤單一人的寂寞

3. 行動を決められず、落ち着かない気持ち

無法決定該怎麼做、不沉著的心情

4. 先がわからない不安な気持ち

不知未來的不安的心情

問9　「⑤邦子は女のくせに、薄情なやつだな」とあるが、父は邦子にどのような行動を期待していたと考えられるか。

文中有「邦子明明是個女生，卻很無情呀！」可推斷父親希望邦子怎麼做呢？

1. 口答えすること

回嘴

2. 汽車が出るまで見送ること

目送火車出發

3. カバンを持ってくれること

幫他提包包

4. 汽車の中まで入ってきてくれること

進到火車裡來

問10　「⑥傘をひったくる」から、父のどんな性格がわかるか。

從「一把搶過傘」，可以得知父親是怎麼樣的個性呢？

1. わけもなく怒る

亂發脾氣

2. 機転がきく

很機伶

3. 気持ちを素直に表現できない

無法好好表達自己的情感

4. 人の気持ちがわからない

不懂他人的心情

問11　父は「⑦機転のきくやつ」といって邦子をほめたが、それはなぜか。

父親說「很機伶的傢伙」稱讚了邦子，那是為什麼呢？

1. 父が通るであろうと思われる近道を通ってきたから。

因為她走了覺得父親可能會走的近路。

2. 夕立とわかると、すぐさま傘を持って駅まで迎えに来たから。

因為一知道下雷雨，就立刻帶著傘到車站來接。

3. 邦子が父の名前を宣伝しながら、迎えに来たから。

因為邦子一邊宣傳父親的名字，一邊來接父親。

4. 真暗闇で何も見えないので、父に気づかせるために、すれちがう人ごとに父の名前をつぶやいたから。

因為很暗伸手不見五指，為了讓父親注意到，所以每當和人擦身而過時，就輕聲叫著父親的名字。

問12　この文全体を読んで、両親と邦子の関係はどのようなものだと、考えられるか。

看了這整篇文章，你認為父母親和邦子是怎樣的關係呢？

1. 母が怒りっぽい父を理解し、邦子に伝えている。

母親瞭解愛生氣的父親，告訴邦子。

2. 父が威張っていて、母と邦子を困らせている。

因為父親愛擺架子，讓母親和邦子很傷腦筋。

3. 邦子は父も母も理解できないでいる。

邦子一直無法瞭解父親和母親。

4. 母は邦子が理解できるように、父に相談している。

母親為了讓邦子瞭解，而和父親商量。

第四單元

聽　解

聽解準備要領

聽解共分為五大題，第一大題和第二大題均是有提示的題目，第一大題和過去舊制的第一大題「有圖題」類似，考生要從圖或選項選出正確答案。第二大題則為新題型，考生會先聽到題目，然後有時間讓考生閱讀試題冊上的選項，接著再聽對話、作答。

第三大題到第五大題則屬於無提示題。第三大題類似舊制的第二大題「無圖題」，但是不同的是，會先出現一段對話或敘述，然後才出現題目、再從選項中選出正確的答案。第四大題為新題型，會出現「一句話」，考生要從選項選出如何「回應」該句話，選項為三選一。第五大題也是新題型，會出現一段長篇的對話或敘述，考生聽完該段話之後，才會出現題目，且題目不只一題，可以稱為「聽力版」的閱讀測驗。

一般考生認為聽力測驗無從準備起。但其實能力測驗的考題有一定的規則，若能了解出題方向及測驗目的，還是有脈絡可循。本單元編寫時參考了坊間日語教材以及歷年考題，若讀者可以熟記第一單元裡的單字、以及本單元之題型，並依以下應試策略作答，聽力必定可以在短時間內提升，測驗也可得高分。

1. 專心聆聽每一題的提問

讀者們可能覺得這是囉嗦的叮嚀。但事實上許多考生應試時，常常下一題已經開始了，腦子還在想著上一題，往往就錯過了下一題的題目。而且若能一開始就聽懂問題，接下來就可以從對話中找答案了。所以請務必在下一題播出前，停止一切動作，專心聆聽。

2. 盡可能不做筆記

這樣的建議讀者可能會覺得有疑慮。但是能力測驗的聽力考試目的，是測驗考生能否了解整個對話內容，而非只是聽懂幾個單字。因此記下來的詞彙往往跟答案沒有直接的關係，而且記筆記會讓你分心，而讓你錯過關鍵字。所以若能做到「專心聆聽每一題的提問」，接下來只需要從對話中找答案。

此外，要加強聽力絕非一蹴可幾。考生過去參加舊制考試時，即使不用特別加強聽力也能合格。但新日檢每一科都設有基準分，並以「溝通」與「互動」為目的，因此「聽解」一科的重要性便不可同日而語了。所以平時多看日劇、日本綜藝節目或NHK絕對會有很大的幫助。不過，不是每一個考生都有時間可以一直看電視，在此推薦一個網站「http://www.nhk.or.jp/r-news/」（NHK線上收聽），如果您從現在起到考試前，只要坐在電腦前時都打開喇叭、連線收聽的話，保證您聽力可以有令人滿意的成績！

必考題型整理 MP3-48

先前提到，聽力要高分，最重要的是要先聽懂題目。本節從歷屆考題中，選出出題頻率最高的疑問詞、並整理出最常見的題型。雖然每一年的考題都不同，但提問方式卻是大同小異。讀者只要可以了解以下句子的意思，應試時一定可以聽懂提問的問題。

若時間充裕，建議先將本書附贈之MP3聽過幾次，測試看看自己能掌握多少題目。然後再與以下中、日文對照，確實了解句意、並找出自己不熟悉的單字。切記，務必跟著MP3光碟朗誦出來，大腦語言區才能完整運作，相信會有意想不到的效果。

一　どれ（哪個）

女(おんな)の人(ひと)がスーパーでワインを選(えら)んでいます。女(おんな)の人(ひと)が選(えら)んだワインはどれですか。 女人正在超市選紅酒。女人所選的紅酒是哪一瓶呢？
男子学生(だんしがくせい)と女子学生(じょしがくせい)が話(はな)しています。女子学生(じょしがくせい)が一番(いちばん)好(す)きなのはどれですか。 男學生和女學生正在說話。女學生最喜歡的是哪一個呢？
女(おんな)の人(ひと)が話(はな)しています。この女(おんな)の人(ひと)の話(はなし)に合(あ)っているグラフはどれですか。 女人正在說話。符合這位女人所說的圖表是哪一個呢？

男(おとこ)の人(ひとふたり)2人が事務室(じむしつ)であしたの仕事(しごと)の順番(じゅんばん)について話(はな)しています。説明(せつめい)と合(あ)っている順番(じゅんばん)はどれですか。
二個男人正在辦公室裡討論明天工作的順序。和說明相符的順序是哪一個呢？

男(おとこ)の人(ひと)の演説(えんぜつ)を聞(き)いてください。この男(おとこ)の人(ひと)の演説(えんぜつ)を一言(ひとこと)でまとめるとしたら、どれが一番(いちばん)いいですか。
請聽男人的演說。如果要用一句話來歸納男人的演說，哪一個最好呢？

二　何(なん)／何(なに)（什麼）

男(おとこ)の人(ひと)と女(おんな)の人(ひと)が話(はな)しています。2人(ふたり)は何(なに)を見(み)ていますか。
男人和女人正在說話。二個人正在看什麼呢？

男(おとこ)の人(ひと)と女(おんな)の人(ひと)が話(はな)しています。男(おとこ)の人(ひと)がもらったものは何(なん)ですか。
男人和女人正在說話。男人得到的東西是什麼呢？

お父(とう)さんと息子(むすこ)が話(はな)しています。息子(むすこ)は何(なに)がいやだと言(い)っていますか。
父親和兒子正在說話。兒子說討厭什麼呢？

女(おんな)の人(ひと)が男(おとこ)の人(ひと)に子供(こども)のことについて相談(そうだん)しています。女(おんな)の人(ひと)はこの後(あと)、子供(こども)に何(なん)と言(い)いますか。
女人正在跟男人商量關於小孩的事。女人之後要跟小孩說什麼呢？

男(おとこ)の人(ひと)と女(おんな)の人(ひと)が話(はな)しています。女(おんな)の人(ひと)は始(はじ)めに何(なに)をしますか。
男人跟女人正在說話。女人一開始要做什麼呢？

三　どう（如何）

男の人と女の人が話しています。男の人はこれからどうしますか。
男人和女人正在說話。男人接下來要怎麼做呢？

ラジオの天気予報です。天気はこれからどうなると言っていますか。
收音機的氣象報告。氣象報告說天氣接下來會變成如何呢？

女の人2人が料理の作り方について話しています。この料理はどうやって作りますか。
二個女人正在聊菜的做法。這道菜要怎麼做呢？

女の人と男の人が電話で話しています。男の人はどうすることにしましたか。
女人正和男人在講電話。男人決定要怎麼做呢？

四　その他（其他）

夫婦が話しています。妻はどんな話が一番聞きたくないと言っていますか。
夫婦正在說話。妻子說她最不想聽什麼事呢？

男の人と女の人が待ち合わせの場所について話しています。女の人はどこで待ち合わせをすればいいですか。
男人和女人正在說關於等待的地點。女人在哪裡等就好呢？

女の人が時計を見ながら、話しています。この人はどの時計が好きだと言っていますか。
女人看著時鐘在說話。這個人說喜歡哪個時鐘呢？

男子学生が話しています。今回の調査結果の内容に合っているのはどのグラフですか。 男學生正在說話。符合本次調查結果內容的是哪一個圖表呢？
女の人はデパートで買い物をしています。女の人が買うものはいくらになりますか。 女人正在百貨公司裡買東西。女人要買的東西是多少錢呢？

實力測驗

問題 I

MP3-49

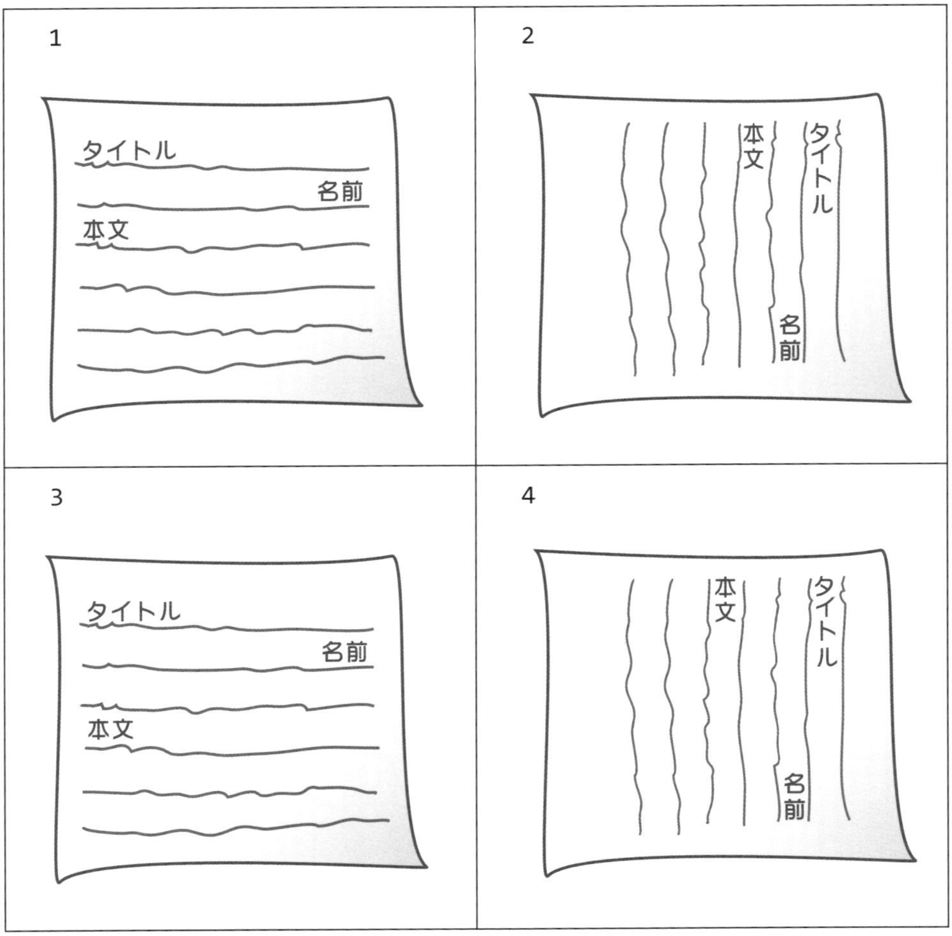

1	2
タイトル 名前 本文	タイトル 本文 名前
3	4
タイトル 名前 本文	タイトル 本文 名前

解答（　）

問題 II　MP3-50

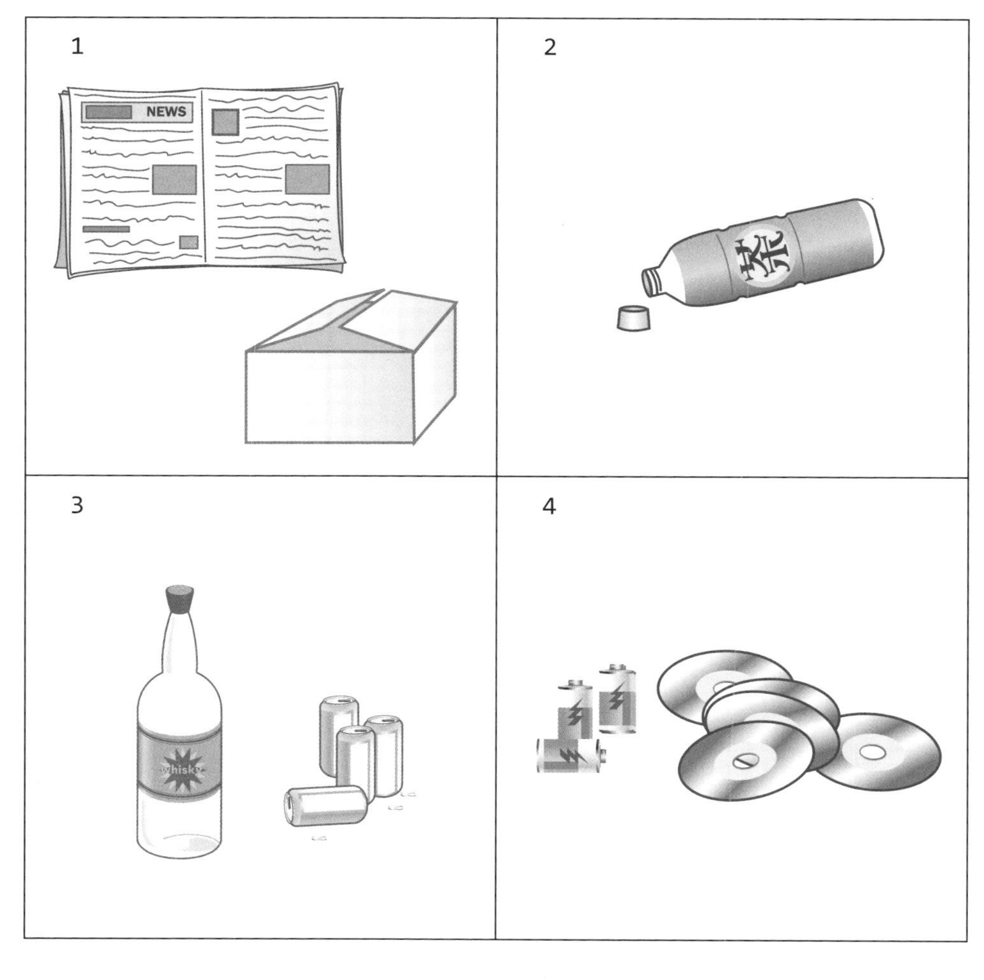

解答（　）

問題III MP3-51

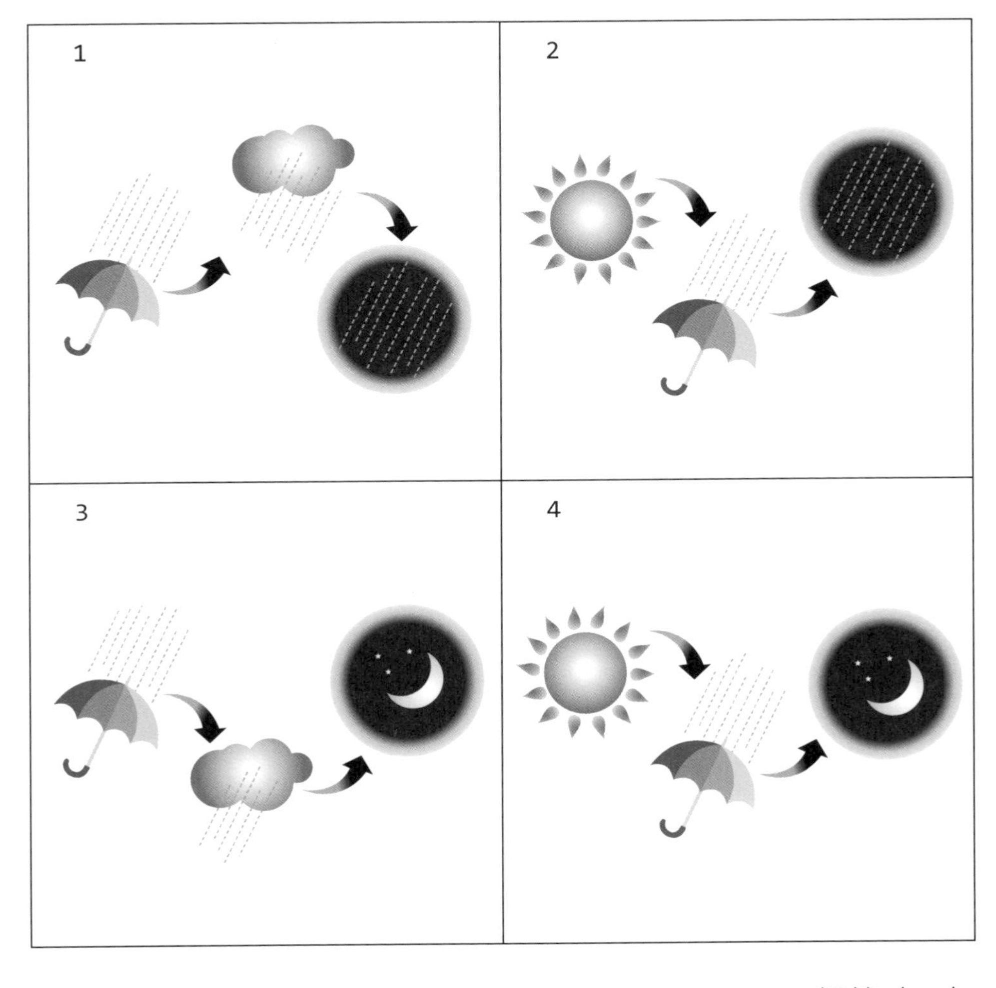

解答（　）

問題Ⅳ MP3-52

1	2
検査	倹査
3	**4**
検察	倹察

解答（　）

問題Ⅴ MP3-53

（絵などはありません）

解答（　　）

問題Ⅵ MP3-54

（絵などはありません）

解答（　　）

問題Ⅶ MP3-55

（絵などはありません）

解答（　　）

解答

問題 I	3
問題 II	1
問題 III	4
問題 IV	2
問題 V	2
問題 VI	2
問題 VII	4

日文原文及中文翻譯

問題1 **正解：3**

女子学生と男子学生が話しています。正しいレポートの書き方はどれですか。

女：今度のレポート、20枚以上っていうのは、ちょっときついわね。

男：縦書きでも横書きでもどっちでもいいの？

女：ううん、必ず横書きで、縦書きはだめなんですって。それに、一行目にタイトルを書いて、その次に名前、そして、一行あけて本文を書き始めなさいって。この形式が守られていないものは一切受け付けないそうよ。

男：けっこう厳しいな。

正しいレポートの書き方はどれですか。

女學生和男學生正在說話。正確的報告寫法是哪一個呢？

女：這一次的報告，聽說要二十頁以上，有點吃力耶！

男：直寫、橫寫哪一種都可以嗎？

女：不是的，聽說一定要橫寫，直寫不行。而且老師說第一行寫標題、接著是名字，然後空一行開始寫正文。沒有遵守這個形式的一概不收。

男：真嚴格呀！

正確的報告寫法是哪一個呢？

もんだい
問題 II　正解：1

男の人と女の人が話しています。月曜日に出せるごみはどれですか。

女：来週からごみの回収日と方法が変わるから注意してね。

男：どこが変わるの。

女：一番大きな違いは燃えないごみの分け方ね。これからは燃えないごみをプラスチック類とペットボトルに分けなくちゃならないの。ペットボトルも資源ごみになったのよ。

男：何曜日に何が出せるの。

女：火曜日と金曜日は今までのように燃えるごみ、水曜日は燃えないごみだけど、資源ごみはだめ。資源ごみの日は月曜日と木曜日で、古新聞、ダンボールなどは月曜日。それから、第一と第三木曜日が空き瓶と空き缶、第二と第四木曜日がペットボトルになったの。

男：そうなの。めんどうだな。

月曜日に出せるごみは何ですか。

男人和女人正在說話。星期一可以倒的垃圾是哪一種呢？

女：下個星期開始，收垃圾的日子和方法都改變了，要注意喔！

男：是哪裡改變呢？

女：最大的不同是不可燃垃圾的分類方法。之後一定要將不可燃垃圾分成塑膠類和寶特瓶類。寶特瓶也當資源垃圾了喔！

男：星期幾可以丟什麼呢？

女：星期二和星期五和目前為止一樣是可燃垃圾、星期三是不可燃垃圾，不過資源垃圾不行。資源垃圾的日子是星期一和星期四，舊報紙、瓦楞紙等是星期一。然後第一和第三個星期四變成是空瓶和空罐，第二和第四個星期四是寶特瓶。

男：這樣子呀！真麻煩。

星期一可以倒的垃圾是哪一種呢？

問題III　正解：4

ニュースの天気予報です。明日の天気はどうですか。

　現在、東京を中心に降り続いている雨ですが、明日の明け方から昼ごろにかけて高気圧に覆われ、よく晴れる見込みです。しかし、午後から上空の気圧の谷が通過するので、大気の状態が不安定になり、所々でにわか雨が降りそうです。雨は、夕方以降には止むでしょう。

明日の天気はどうですか。

新聞氣象報告。明天的天氣如何呢？

　　雖然現在以東京為中心持續下著雨，不過從明天清晨到中午左右為止，會籠罩在高氣壓之下，會有個大晴天。但是下午開始，因為高空低壓槽通過，所以大氣的狀態會變得不穩定，看起來到處都會有陣雨。傍晚之後，雨就會停了吧！

明天的天氣如何呢？

問題IV　正解：2

女の人と男の人が話しています。女の人が最初に書いた漢字はどれですか。

女：「けんさ」という漢字、これでよかったっけ？

男：後ろの漢字はそれでいいけど、前の漢字は「人べん」じゃなくて、「木へん」だよ。

女：あっ、そうか。それなら、直さなきゃ。どうもありがとう。

女の人が最初に書いた漢字はどれですか。

女人和男人正在說話。女人一開始寫的漢字是哪一個呢？

女：「けんさ」的漢字，這樣寫可以嗎？

男：後面的漢字沒錯，不過前一個字不是「人字旁」，是「木字旁」喔！

女：啊，原來如此。那我得改一下。謝謝。

女人一開始寫的漢字是哪一個呢？

問題V　正解：2

女の人と男の人が話しています。誰が誰を迎えに行きますか。

女：山下さん、課長がお客さんを迎えに空港まで行ってくれって。

男：その件なら、佐藤さんが行ってくれることになってるよ。

女：でも、佐藤さんがどこにもいないのよ。

男：そうか、困ったなあ。

女：こうなったら、あなたに行ってもらうしかないわね。

誰が誰を迎えに行きますか。

1. 山下さんが課長を迎えに行きます。
2. 山下さんがお客さんを迎えに行きます。
3. 佐藤さんが課長を迎えに行きます。
4. 佐藤さんがお客さんを迎えに行きます。

女人和男人正在說話。誰會去接誰呢？

女：山下先生，課長說要你到機場接客戶。

男：這件事的話，是佐藤先生要去喔！

女：不過，哪裡都找不到佐藤先生呀！

男：這樣呀！真傷腦筋。

女：這麼一來，只好請你去了呀！

誰會去接誰呢？

1. 山下先生要去接課長。
2. 山下先生要去接客戶。
3. 佐藤先生要去接課長。
4. 佐藤先生要去接客戶。

問題Ⅵ 正解：2

ラジオで通訳募集のお知らせをしています。どんな人を募集していますか。

次は通訳募集のお知らせです。豊田市では、海外からの技術研修生に、豊田市内にある自動車工業団地の説明や案内などの通訳をしてくださる方を募集しています。英語ができる、市内にお住まいの20歳以上の方が対象です。国籍や性別は問いません。また、自動車産業などに関する知識も特に必要としません。お申し込み、お問い合わせは豊田市総合企画部、電話番号は０５６5の３４の６９６３まで……。

どんな人を募集していますか。

1. 英語ができる20歳以上の技術研修生です。
2. 英語ができる20歳以上の住民です。
3. 英語ができる日本人です。
4. 英語ができる自動車産業に詳しい人です。

收音機裡正在播放徵求口譯的消息。正在徵求怎樣的人呢？

接下來是徵求口譯的消息。豐田市徵求為海外來的技術研修生，說明、導覽位於豐田市的汽車工業區的口譯人員。徵求對象是住在豐田市、諳英文的二十歲以上民眾。國籍、性別不拘。此外，不需特別具備汽車產業相關知識。應徵或詢問，請洽豐田市綜合企劃部，電話是0565-34-6963……。

徵求怎樣的人呢？

1. 二十歲以上懂英文的技術研修生。
2. 二十歲以上懂英文的居民。
3. 懂英文的日本人。
4. 懂英文、對汽車產業熟悉的人。

問題VII 正解：4

男の人が柔道について話しています。男の人は、柔道をやめることにしたのはどうしてだと言っていますか。

私が柔道を始めたのは中学校１年生のときです。その頃は体が弱くて、よく病院に通ってたんです。父が柔道をやったら丈夫になると考え、習いに行かせたんですが、初めはいやでいやで仕方がなかったんです。でも、続けているうちに面白くなってきて、高校生になってからは柔道部に入って、朝も夜も練習の毎日。母は、大変だからやめたらどうかと言っていましたけど、私は学校の代表になれるまで頑張ろうと思ってました。それで去年やっと代表に選ばれて、結局優勝はできませんでしたけど、もう満足だと思ったんです。好きで始めたわけじゃないし、練習も大変だったけど、今は、やれるだけのことはやったという気持ちでいっぱいなんです。

男の人は、柔道をやめることにしたのはどうしてだと言っていますか。

1. 練習が大変だったからです。
2. 優勝できなかったからです。
3. 柔道が好きではないからです。
4. 学校の代表になれたからです。

男人在說明關於柔道的事。男人說他為什麼決定不練柔道了呢？

我開始柔道，是國中一年級的時候。那個時候身體不好，常常上醫院。父親覺得練了柔道身體會變強壯，要我去學，起初我不願意，不過沒辦法。不過持續練下去覺得愈來愈有趣，上了高中之後，參加柔道社，每一天早上晚上都不停地練習。雖然母親說太辛苦了，說不要練了如何，不過我想努力下去直到當上校隊。就這樣去年終於被選為校隊，最後雖然沒有得到第一名，但我覺得我已經很滿意了。雖然不是因為喜歡而開始，練習也非常辛苦，但是現在心中卻充滿「盡了全力」的滿足感。

男人說他為什麼決定不練柔道了呢？

1. 因為練習很辛苦。
2. 因為沒能得到冠軍。
3. 因為不喜歡柔道。
4. 因為當上了校隊。

附　錄

新日檢「Can-do」檢核表

日語學習最終必須回歸應用在日常生活，在聽、說、讀、寫四大能力指標中，您的日語究竟能活用到什麼程度呢？本附錄根據JLPT官網所公佈之「日本語能力測驗Can-do自我評價調查計畫」所做的問卷，整理出75條細目，依「聽、說、讀、寫」四大指標製作檢核表，幫助您了解自我應用日語的能力。

聽

目標：在各種場合下，以自然的速度聽取對話、新聞或是演講，詳細理解話語中內容、提及人物的關係、理論架構，或是掌握對話要義。

□ 1. 政治や経済などについてのテレビのニュースを見て、要点が理解できる。
在電視上看到政治或經濟新聞，可以理解其要點。

□ 2. 仕事や専門に関する問い合わせを聞いて、内容が理解できる。
聽到與工作或是專長相關的詢問，可以理解其內容。

□ 3. 社会問題を扱ったテレビのドキュメンタリー番組を見て、話の要点が理解できる。
觀賞電視上有關社會問題的紀錄片節目，可以理解其故事的要點。

□ 4. あまりなじみのない話題の会話でも話の要点が理解できる。
即使是談論不太熟悉的話題，也可以理解其對話的重點。

□ 5. フォーマルな場（例：歓迎会など）でのスピーチを聞いて、だいたいの内容が理解できる。
在正式場合（例如迎新會等）聽到演說，可以理解其大致的內容。

□ 6. 最近メディアで話題になっていることについての会話で、だいたいの内容が理解できる。

從最近在媒體上引起話題的對話中，能夠大致理解其內容。

□ 7. 関心あるテーマの議論や討論で、だいたいの内容が理解できる。

對於感興趣的主題，在討論或辯論時，可以大致理解其內容。

□ 8. 学校や職場の会議で、話の流れが理解できる。

在學校或工作場合的會議上，可以理解其對話的脈絡。

□ 9. 関心あるテーマの講議や講演を聞いて、だいたいの内容が理解できる。

對於感興趣的講課或演講，可以大致理解其內容。

□ 10. 思いがけない出来事（例：事故など）についてのアナウンスを聞いてだいたい理解できる。

聽到出乎意料之外的事（例如意外等）的廣播，可以大致理解其內容。

□ 11. 身近にある機器（例：コピー機）の使い方の説明を聞いて、理解できる。

聽到關於日常生活中常用機器（例如影印機）的使用說明，可以聽得懂。

□ 12. 身近で日常的な話題についてのニュース（例：天気予報、祭り、事故）を聞いて、だいたい理解できる。

聽到關於日常生活的新聞（例如天氣預報、祭典、意外），大致可以理解。

□ 13. 身近で日常的な内容のテレビ番組（例：料理、旅行）を見て、だいたい理解できる。

看到關於日常生活的電視節目（例如料理、旅行），大致可以理解。

□ 14. 店での商品の説明を聞いて、知りたいこと(例：特徴など)がわかる。

在商店聽取商品的介紹，可以聽懂想了解的重點（例如特徵等）。

□ 15. 駅やデパートのアナウンスを聞いて、だいたい理解できる。

聽到車站或百貨公司的廣播，可以大致理解。

☐ 16. 身近で日常的な話題（例：旅行の計画、パーティーの準備）についての話し合いで、話の流れが理解できる。

聊到關於日常生活的話題（例如旅行計畫、宴會準備），可以理解話題的脈絡。

☐ 17. アニメや若者向け映画のような単純なストーリーのテレビドラマや映画を見て、だいたいの内容が理解できる。

看動畫或是給年輕人看的情節單純的連續劇或是電影，可以大致理解其內容。

☐ 18. 標準的な話し方のテレビドラマや映画を見て、だいたい理解できる。

看發音、用語標準的連續劇或是電影，可以大致理解其內容。

☐ 19. 周りの人との雑談や自由な会話で、だいたいの内容が理解できる。

跟身邊的人談天或對話，可以大致理解其對話內容。

說

目標：1. 可以有條理地陳述意見、發表演說闡明論點。
　　　2. 日常生活與他人溝通無礙。

□ 1. 関心ある話題の議論や討論に参加して、意見を論理的に述べることができる。

可以加入討論或辯論有興趣的話題，有條理地陳述意見。

□ 2. 思いがけない出来事（例：事故など）の経緯と原因について説明することができる。

可以陳述意料之外的事（例如意外等）的來龍去脈和原因。

□ 3. 相手や状況に応じて、丁寧な言い方とくだけた言い方が使い分けられる。

可以根據對象或狀況，區分使用較有禮貌以及較輕鬆的說法。

□ 4. 最近メディアで話題になっていることについて質問したり、意見を言ったりすることができる。

可以針對最近在媒體上引起話題的事物提出問題或是陳述意見。

□ 5. 準備をしていれば、自分の専門の話題やよく知っている話題についてプレゼンテーションができる。

如果經過準備，就可以公開演說自己的專長領域或熟悉話題。

□ 6. 使い慣れた機器（例：自分のカメラなど）の使い方を説明することができる。

可以說明自己慣用機器（例如自己的相機等）的使用方法。

□ 7. クラスのディスカッションで、相手の意見に賛成か反対かを理由とともに述べることができる。

在課堂的討論中，可以陳述贊成或反對對方的理由。

□ 8. アルバイトや仕事の面接で、希望や経験を言うことができる（例：勤務時間、経験した仕事）。

打工或正職的面試中，可以陳述希望或經歷（例如工時、工作經歷）。

□ 9. 旅行中のトラブル（例：飛行機のキャンセル、ホテルの部屋の変更）にだいたい対応できる。

旅行途中遇到狀況（例如航班取消、飯店房間變更），大致可以應付。

□ 10. 最近見た映画や読んだ本のだいたいのストーリーを紹介することができる。

最近看的電影或是閱讀的書，可以大致介紹其故事內容。

□ 11. 旅行会社や駅で、ホテルや電車の予約をすることができる。

可以在旅行社或車站預約飯店或是預購車票。

□ 12. 準備をしていれば、自分の送別会などフォーマルな場で短いスピーチをすることができる。

如果經過準備，可以在自己的歡送會等正式場合做簡短的演說。

□ 13. よく知っている場所の道順や乗換えについて説明することができる。

可以向人說明熟悉的地點的路線或是轉乘方式。

□ 14. 友人や同僚と、旅行の計画やパーティーの準備などについて話し合うことができる。

可以和朋友或是同事就旅行計畫或是籌備宴會進行討論。

□ 15. 体験したこと（例：旅行、ホームステイ）とその感想について話すことができる。

可以陳述對於體驗過的事物（例如旅行、寄宿家庭）和其感想。

□ 16. 店で買いたいものについて質問したり、希望や条件を説明したりすることができる。

在商店可以對於想買的物品提出詢問，或是說明需求或條件。

☐ 17. 電話で遅刻や欠席の連絡ができる。

遲到、缺席時，可以用電話聯繫。

☐ 18. 相手の都合を聞いて、会う日時を決めることができる。

可以詢問對方的狀況，決定約會的日程。

☐ 19. 身近で日常的な話題（例：趣味、週末の予定）について会話ができる。

對於日常生活的話題（例如興趣、週末的預定事項），可以進行對談。

讀

目標：1. 閱讀議題廣泛的報紙評論、社論等，了解複雜的句子或抽象的文章，理解文章結構及內容。
2. 閱讀各種題材深入的讀物，並能理解文脈或是詳細的意含。

☐ 1. 論説記事（例：新聞の社説など）を読んで、主張・意見や論理展開が理解できる。

閱讀論述性的報導（例如報紙社論等），可以理解其主張、意見或是論點。

☐ 2. 政治、経済などについての新聞や雑誌の記事を読んで、要点が理解できる。

閱讀政治、經濟等報章雜誌報導，可以理解其要點。

☐ 3. 仕事相手からの問い合わせや依頼の文書を読んで、理解できる。

可以閱讀並理解工作上接收到的詢問或請託文件。

☐ 4. 敬語が使われている正式な手紙やメールの内容が理解できる。

可以理解使用敬語的正式書信或電子郵件內容。

☐ 5. 人物の心理や話の展開を理解しながら、小説を読むことができる。

可以在理解書中角色的心理或是對話的脈絡中閱讀小說。

☐ 6. 自分の仕事や関心のある分野の報告書・レポートを読んで、だいたいの内容が理解できる。

閱讀與自身工作相關或是感興趣領域的報告，可以大致理解其內容。

☐ 7. 一般日本人向けの国語辞典を使って、ことばの意味が調べられる。

能使用一般日本人用的「國語辭典」，查詢字詞的意思。

□ 8. 関心のある話題についての専門的な文章を読んで、だいたいの内容が理解できる。

閱讀自己感興趣的專門領域的文章，可以大致理解其內容。

□ 9. エッセイを読んで、筆者の言いたいことがわかる。

閱讀散文，可以了解作者想表達的事物。

□ 10. 電子機器（例：携帯電話など）の新しい機能であっても、取扱説明書を読んで、使い方がわかる。

電子用品（例如手機等）即使有新功能，只要閱讀說明書就會使用。

□ 11. 家庭用電化製品（例：洗濯機など）の取扱説明書を読んで、基本的な使い方がわかる。

閱讀家電（例如洗衣機等）的使用說明書，可以知道基本的使用方式。

□ 12. 身近で日常的な話題についての新聞や雑誌の記事を読んで、内容が理解できる。

閱讀報紙或雜誌中與日常生活相關的報導，可以理解其內容。

□ 13. 旅行のガイドブックや、進学・就職の情報誌を読んで、必要な情報がとれる。

可以閱讀旅遊導覽書或升學、就業資訊雜誌，擷取需要的資訊。

□ 14. 生活や娯楽（例：ファッション、音楽、料理）についての情報誌を読んで、必要な情報がとれる。

可以閱讀生活或娛樂（例如時尚、音樂、料理）的資訊雜誌，擷取需要的資訊。

□ 15. 商品のパンフレットを見て、知りたいこと（例：商品の特徴など）がわかる。

可以閱讀商品簡章，並了解想知道的內容（例如商品的特徵等）。

□ 16. 図鑑などの絵や写真のついた短い説明を読んで、必要な情報がとれる。

可以從圖鑑等的圖片或照片的簡短說明，擷取需要的資訊。

☐ 17. 短い物語を読んで、だいたいのストーリーが理解できる。

閱讀簡短的故事，大致可以理解其內容。

☐ 18. 学校、職場などの掲示板を見て、必要な情報（例：講義や会議のスケジュールなど）がとれる。

可以從學校、職場的公佈欄上，擷取必要的資訊（例如授課或會議的日程等）。

寫

目標：1. 能以論說文或說明文等文體撰寫文章、演講稿或是學術報告。
　　　2. 能撰寫正式表格及信函。

□ 1. 論理的に意見を主張する文章を書くことができる。

可以書寫表達自我意見的論說文。

□ 2. 目上の知人（例：先生など）あてに、基本的な敬語を使って手紙やメールを書くことができる。

可以使用基本敬語，寫信或電子郵件給熟識的長輩（例如老師等）。

□ 3. 料理の作り方や機械の使い方などの方法を書いて伝えることができる。

可以寫下製作料理的步驟或是機器的使用方式並教導他人。

□ 4. 自分の仕事内容または専門的関心（例：研究テーマなど）について簡単に説明することができる。

可以簡單說明自己的工作內容或是專業上的興趣（例如研究主題等）。

□ 5. 自分の送別会などでの挨拶スピーチの原稿を書くことができる。

可以寫出在自己的歡送會上等發表謝辭的稿子。

□ 6. 自分の関心のある分野のレポートを書くことができる。

可以撰寫自己感興趣領域的報告。

□ 7. 思いがけない出来事（例：事故など）について説明する文章を書くことができる。

可以寫出說明出乎意料之外的事（例如意外等）的文章。

□ 8. 自国の文化や習慣（例：祭りなど）を紹介するスピーチの原稿を書くことができる。

可以寫出介紹自己國家文化或習慣（例如祭典等）的稿子。

□ 9. 複数の情報や意見を自分のことばでまとめて、文章を書くことができる。

可以用自己的語言統整各種資訊及意見，並書寫文章。

□ 10. 学校や会社への志望理由などを書くことができる。

可以撰寫升學或就業的意願及其理由。

□ 11. 理由を述べながら、自分の意見を書くことができる。

可以一邊闡述理由，一邊書寫自己的意見。

□ 12. 最近読んだ本や見た映画のだいたいのストーリーを書くことができる。

可以書寫最近閱讀的書或是看的電影的大致情節。

□ 13. 自分が見た場面や様子を説明する文を書くことができる。

可以將自己的見聞用說明文敘述。

□ 14. 学校、ホテル、店などに問い合わせの手紙やメールを書くことができる。

可以書寫對學校、飯店、商店等的詢問信函或電子郵件。

□ 15. 知人に、感謝や謝罪を伝えるメールや手紙を書くことができる。

可以對熟識的人，書寫表達感謝或致歉的電子郵件或信函。

□ 16. 自分の日常生活を説明する文章を書くことができる。

可以用說明文紀錄自己的日常生活。

□ 17. 体験したことや、その感想について、簡単に書くことができる。

可以簡單撰寫體驗過的事物或感想。

□ 18. インターネット上で予約や注文をすることができる。

可以使用網路完成預約或訂購。

□ 19. 友人や同僚に日常の用件を伝える簡単なメモを書くことができる。

可以書寫簡單的便箋，將日常事項傳達給朋友或同事。

メ　モ

國家圖書館出版品預行編目資料
一考就上！新日檢N1全科總整理　新版 / 林士鈞著
--修訂二版--臺北市：瑞蘭國際, 2024.01
288面；17×23公分 --（檢定攻略系列；87）
ISBN：978-626-7274-81-1（平裝）
1. CST：日語　2. CST：能力測驗
803.189　　112022761

檢定攻略系列 87

一考就上！新日檢N1全科總整理 新版

作者｜林士鈞・責任編輯｜王愿琦、葉仲芸
校對｜林士鈞、王愿琦、葉仲芸

特約審訂｜こんどうともこ
日語錄音｜こんどうともこ、今泉江利子、野崎孝男
錄音室｜不凡數位錄音室、純粹錄音後製有限公司
封面設計｜劉麗雪、陳如琪・版型設計｜張芝瑜
內文排版｜陳如琪、帛格有限公司、余佳憓・美術插畫｜Nico

瑞蘭國際出版
董事長｜張暖彗・社長兼總編輯｜王愿琦
編輯部
副總編輯｜葉仲芸・主編｜潘治婷
設計部主任｜陳如琪
業務部
經理｜楊米琪・主任｜林湲洵・組長｜張毓庭

出版社｜瑞蘭國際有限公司・地址｜台北市大安區安和路一段104號7樓之一
電話｜(02)2700-4625・傳真｜(02)2700-4622・訂購專線｜(02)2700-4625
劃撥帳號｜19914152 瑞蘭國際有限公司
瑞蘭國際網路書城｜www.genki-japan.com.tw

法律顧問｜海灣國際法律事務所　呂錦峯律師

總經銷｜聯合發行股份有限公司・電話｜(02)2917-8022、2917-8042
傳真｜(02)2915-6275、2915-7212・印刷｜科億印刷股份有限公司
出版日期｜2024年01月初版1刷・定價｜480元・ISBN｜978-626-7274-81-1